JN087753

安藤組外伝

白倉康夫
敬天新聞社主

殉心

青志社

安藤組外伝

白倉康夫

殉心

青志社

プロローグ

憧れの人との邂逅

二〇一五年十二月十六日午後六時五十七分、元安藤組組長で組解散後は映画俳優として昭和を駆け抜けた安藤昇氏が、波乱の人生を閉じた。享年八十九歳。体調を崩し、東京医療センターに入院して十二日目の急変だった。

ご遺族、そして関係各位と病院の待合室であわただしく葬儀の打ち合わせをすませ、深夜に帰宅した私は、敬天新聞社主・白倉康夫氏の携帯電話に連絡をとった。すでに「安藤昇死去」の一報がツィートされ、ＳＮＳで拡散しつつある。明日はメディアが一斉に報じるだろう。その前に、私の口から白倉氏には知らせておかなければならないと思った。

安藤さんは、小説『白倉康夫自伝』を書き進めていた。

亡くなる前年、安藤さんは米寿の記念として書の作品集『男讃歌』を上梓し、さらに同年夏にエッセイ集『男の品位』を脱稿したあとで、こう言った。

「俺が書くのは、あと一作だな。白倉の半生記を書いて、それでも元気にしていれば〝食のエッセイ集〟でも書くか。白倉に気持ちを聞いてみてくれよ」

私は自身の執筆活動のほか、安藤さんと立ち上げた安藤昇事務所（九門社）の〝秘書役〟として二十余年を過ごし、安藤さんの著作や映画制作、ビジネスコーディネートなどに携わっていた。執筆のための下調べや版元との打ち合わせ、そして進行は私の役目だった。

くわしくは本書に記すが、白倉氏が安藤さんと初めて顔を合わすのは二十五年前、敬天新聞が創刊される一九九三年の春先のことだった。

その前年の九月九日、九門社の「九」に引っかけ、安藤昇事務所を九門社として会社登記したのでよく覚えている。

当時、大物総会屋として名を馳せていた高田光司氏が伴って事務所に見え、

「いま売り出しの男です」

と言って紹介した。

白倉氏は私より一つ年下で、このとき四十二歳。濃い眉に鋭い眼光、小鼻が張って存在感があり、ニコリともしない。男として脂が乗りきっているとは、こういう人間のことを言うのだろうと感心した記憶がある。精悍を通りこして獰猛な印象だった。ナッパ服と呼ばれる作業着

の上にライフジャケットのような無骨なベストを着て、足元は登山にでも行くような編み上げの安全靴を履いていた。

「渋谷のヤミ市を思い出すな」

白倉氏の服装（なり）を見やって安藤さんが笑った。戦後の混沌とした時代、安藤さんは安藤組を率いて渋谷を席巻する。ナッパ服は貧しかった日本の象徴でもあったのだろう。ヤミ市を思い出すと言われた白倉氏は、どう応じていいか当惑の色をうかべながら、恐縮するようにペコンと頭をさげると、

「これ、防弾チョッキなんです」

問われもしないベストについて、生真面目に答えたのが印象的だった。

後年、白倉氏は安藤さんに会った日のことを振り返って、私にこう語ったことがある。

「十代のころからあこがれん人じゃけんさ。緊張なんかしたことのない自分が、あの日はさすがに硬くなってしもうた。上京した当時、安藤組があれば入ったんだけど、知ってのとおり昭和三十九年に解散しとったけんさ。でも、その系譜に連なる人たちとの交誼はあった。そういう意味からいえば、自分は異端だけれど、安藤組外伝の系譜ば歩んで来た一人やという矜持は持っとるんだ」

私と同世代という気安さもあるのだろう。白倉氏は言葉の端に長崎訛（なま）りを見せながら言った

ものだ。

国賊は討て

紹介者の高田氏によれば、白倉氏は『敬天新聞』を創刊して以後、毎週水曜日の夕刻、新橋駅のSL広場に街宣車を乗り着け、「国賊は討て！」という過激なスローガンで〝糾弾演説〟を一日も休まず行っているという。様子を見に行くと、待ち合わせ場所として知られるSL広場は、退け時のサラリーマンやOL、学生たちでごった返していた。そこへ突如、防弾チョッキを着込み、タオルをねじり鉢巻きにした獰猛そうな男が、右翼らしからぬ演歌調のBGMに乗って街宣車の屋根に立つのだから、いやでも目を引く。しかも街宣車は薄っぺらなトタンで囲ったような年代物とあって、ひとつ間違えばチンドン屋かフーテンのオッサンとして笑いを誘うところだろう。そうはならないのは風貌と、街宣車の後部に対で掲げた日の丸のせいと言ってよい。

奇を衒っているのでもなければ、服装に無頓着なわけでもない。この格好は彼の哲学に基づいていて、あるとき私にこう語った。

「日本を真に支えているのは農業、漁業、土木事業の三業だというのが自分の考えやけんさ。だから、その姿で訴えてこそ人は聞く耳を持ってくれると思っている。街宣に演歌を取り入れたのもそうだね。主張を聞いてもらうためには目線を同じにすることが大事。恥ずかしさやカッコ悪さなんて、次の次の次ぐらいでいい」

そして、ニヤリと笑ってから、

「それに世間は色んな意見や信条があるからさ。ヤジや乱闘も想定しておかなければならない。防弾チョッキに安全靴は、いざというときに即対応できる」

乱闘はともかく、「聞く耳」というのは当たっているようで、演説の内容よりも、白倉氏の迫力ある個性が際立ち、聴衆は足を止めていた。

こうして白倉氏は二十年間、一日も休まず演説を繰り返し、SL広場の名物になっていく。いまでは立派な街宣車を大小さまざま何台も所有し、特注でン千万円もするピカピカの大型街宣車もある。だが、白倉氏は相変わらずナッパ服か作務衣に防弾チョッキを着込み、ねじり鉢巻きで演説をするのだった。

安藤さんは、そんな白倉氏を何くれとなく可愛がった。

「駆け引きなんかしちゃだめだぞ。男が一度口にしたことは死んでも貫け」

説教やアドバイスをする人ではなかったが、白倉氏の奮闘ぶりに、そんなことを言って励ましたこともある。やがて敬天新聞は「絶対に退かない」として、企業関係だけでなく、ヤクザ社会からも一目置かれるようになっていくのである。

なお、本文でくわしく紹介するが、白倉氏は国士舘大学に規定一杯の八年間在学したのち、サムライ精神を説き、アメリカンフットボールの名門「日本大学フェニックス」を率いた篠竹幹夫監督の私設秘書を兼ねたボディガードとして十年を影のように寄り添ったことは、あまり知られていない。

正義の味方ですか

近年、白倉氏は「恐喝」を「今日勝つ」と言い換え、

「世のなかは恐喝で成り立っている」

と自論を口にしていた。

安藤さんに、こんな言い方をしたことがある。

「上司が部下を叱るのも、その本質は恐喝だと自分は思っています。政治家だって、企業人だって、ウチの敬天新聞だって、それぞれ形態がちがうだけで、力の源泉は恐喝です。人生は恐喝です。だから自分は〝恐喝〟に引っかけて〝今日勝つ、明日勝つ、明後日も勝つ〟と言っているんです」

直情径行にして破天荒。そして生き方は不器用。だから威力業務妨害や恐喝容疑で逮捕される。名誉毀損で訴えられる。

安藤さんは、そんな白倉氏を評して、

「あいつは〝八尾の朝吉〟みたいな男だな」

と言った。

「八尾の朝吉」は今東光原作の『悪名』の主人公で、八尾（河内＝大阪府）の暴れ者だが、古い任侠精神の持ち主。高利貸を殴ったり、遊女の逃亡の手助けをするなど、やがて評判の親分になっていく。

この小説をもとに大映が任侠アクション映画としてシリーズ化し、勝新太郎が朝吉を演じる。当時、時代劇スターとして伸び悩んでいた勝は、このシリーズで人気を不動のものにするのだが、勝新太郎と仲がよかった安藤さんは朝吉に白倉氏を重ね、破天荒な生き方をした勝さんにさらに重ね合わせ、自伝『白倉康夫』を書いてみたくなったのだろう。

だが安藤さんは、白倉氏の破天荒さを面白がるだけでなく、もっと深いところに視点を据えていた。

喫茶店でお茶を飲みながら、こんなことを言った。

「善良な市民を食いものにする連中はワルだ。これは間違いない。じゃ、そのワルを食いものにする人間はどういうことになる？　ワルか、それとも正義の味方か」

「白倉さんが正義の味方ですか？」

「見た目はワル以上にワルだけどな」

愉快そう笑ったが、安藤さんの脳裡に「横井英樹襲撃事件」があることが私にはピンときた。東洋郵船・横井英樹社長が法律を悪用し、人倫に悖(もと)る悪行を重ねていると断じた安藤さんは、配下に拳銃で襲撃させ、瀕死の重傷を負わせる。安藤さんは懲役八年を打たれ、前橋刑務所に下獄するのだが、実業家がヤクザ組織に命を狙われたという事実に世間は震撼。この事件を契機として、警視庁にマル暴担当の捜査四課が創設される。

安藤さんの行為は法治国家においては犯罪である。ならば法律の抜け穴を衝き、〝合法的〟でありさえすれば人を泣かせても許されるか。

(俺がやったことは本当に悪いことなのか?)

という懐疑と信念は生涯、安藤さんの脳裡から消えることはなかったのだろう。白倉氏の街宣活動と敬天新聞による糾弾活動に、あらためてその思いを強くしたのかもしれない。

私は『自伝』について白倉氏に打診した。何をどう書くのかについて彼はいっさい質問せず、

「安藤さんが書いてくださるというなら、俺(おい)は〝俎(まないた)の上の鯉〟ばい。思うままお書きになってくださって結構ですばいと伝えてくれんね」

キッパリと言った。

こうして安藤宅で白倉氏の半生をたどる取材が始まった。私がメモを執り、回を重ね、データにしていく。さらに安藤さんの指示で私が補足取材をし、安藤さんは筆を執った。

なぜ安藤昇は魅了されたのか

そんなさなかの二〇一五年十月二十五日、白倉氏が中学時代、初代主将を務めた「南有馬町少年柔道部」(長崎県南島原市)の創立五十周年祝賀会が当地で開催されることになり、私は安藤さんの名代として出席する。

南島原市は江戸時代初期、キリスト弾圧の凄惨な内戦「島原の乱」の舞台として知られる。天草四郎以下、老若男女三万七千人が原城(はらじょう)に籠城し、幕府に内通した一人を除き、全員が壮絶な最期をとげている。白倉氏の生家は原城のすぐそばにあり、この城趾公園を遊び場として育った。

このことに安藤さんは興味をいだいたのだろう。

「原城の跡を見てきてくれ」

と言った。

「島原の乱」は歴史の彼方であろうとも、この地で生まれ育った白倉に影響を与えないはずはない——これが安藤さんの仮説だった。原稿はすでに書き進めていたが、「今日勝つ」と嘯(うそぶ)く白倉氏の原点がどこにあるのか思いをめぐらせていることが、そばにいてよくわかった。

五十周年祝賀会は白倉氏の主催で、県議、市議などお歴々がお祝いを述べ、祝宴では白倉氏と親交のある有名歌手たちが東京から駆けつけてヒット曲を披露する。大盛況のなかで、白倉氏の隣に座った私はこの目で見た原城を安藤さんにどう伝えたものか、そのことばかり考えていた。長崎空港から南島原市まで鉄路がないため、原城へはレンタカーで向かった。城趾を歩きながら、この地で三万余名が籠城死したという歴史的事実は、白倉少年の精神形成に有形無形の影響を与えたという安藤さんの炯眼(けいがん)を思った。

帰京した私は「島原の乱」について調べ直し、安藤さんに報告すると大きく頷いて、

「書き方を変えてみるかな」

と言った。

五十周年祝賀会から三週間ほど過ぎた十一月十九日午後、白倉氏は世田谷の安藤宅を訪れ、祝賀会の報告とお礼を述べると、安藤さんは『白倉自伝』をノンフィクションでなく、「小説」として書くことにしたと告げる。当初は白倉氏の痛快な街宣活動に興味を持っていたのだが、白倉康夫という人間を書きたくなったということだった。事実をベースにし、これを小説化することで白倉という男がより浮き上がってくる――そんな言い方をした。「国賊は討て！」という白倉氏の原点を「島原の乱」に見たのだった。

その安藤さんが、この日から一ヶ月を待たずして急逝した。

――先ほど安藤さんが息を引き取りました。

私がかけた深夜の電話に一瞬の沈黙があって、

「わかりました」

白倉氏は短く言った。


安藤さんが逝って丸四年が過ぎ、未完の小説『白倉自伝』は澱のように私の頭の片隅に留まっていた。構想の段階からお手伝いしてきた私は、安藤さんの意志を継いで書かねばなるまいと決意はしていた。データはすでに整理してあり、何度かパソコンに向かったが、

(この場面は安藤さんならどう書くだろうか)

という思いに何度も手が止まり、その都度、白倉氏と会って補足取材をしつつ、気持ちに折り合いをつけた。

書き進めてみて、ノンフィクションでなく、小説――エンターテイメントノベルとして書こうとした安藤さんの真意が理解できた。ノンフィクションという骨格だけを書いたのでは無機質な骸骨に過ぎない。波乱の半生は面白くはあるが、これは〝骸骨の面白さ〟に過ぎない。骨格に筋肉を付け、五体に血を通わせ、さらに神経をめぐらせて初めて〝生身の人間〟となる。

「善良な市民を食いものにする連中はワルだ。これは間違いない。じゃ、そのワルを食いものにする人間はどういうことになる？　ワルか、それとも正義の味方か」

安藤さんのこの言葉を世間の不条理に重ね合わせ、小説的手法で白倉康夫氏の破天荒な半生をトレースしたとき、そこに何が見えてくるのか。

人の悪口はもちろん、とやかく評することの一切なかった安藤さんは、同様に人のことを誉めることもなかった。

誰もがそれぞれ自分の信ずる人生を歩んでおり、その道の是非を他人が口にすることを僭越とする、安藤さんの人生観だった。

そんな安藤さんが可愛がった若い人は何人もいるが、「あいつは面白いね」という言い方で評したのは、私が知る限り、白倉氏ひとりだった。「面白い」という表現は万事、控えめであることをもって男の美徳とする安藤さんの最大の褒め言葉でもある。

――なぜ、安藤さんは白倉という男に魅了されたのか。一方の白倉氏は、なぜ安藤さんの薫陶に心酔し、殉じようとしたのか。

それが知りたくて、二人の思いをそれぞれの視点から辿った。本書を「安藤組外伝」とし、題名を造語の「殉心（じゅんしん）」とした所以である。

なお、登場する団体・個人は一部を除いて原則的に仮名とした。実名を配することで無用の憶測を呼び、小説的手法に支障が生じることを懸念してのことである。

２０２０年3月　　向谷匡史

目次

第二章　凍凪（いてなぎ）……75

第三章　炎風（えんぷう）……117

第四章 春疾風(はるはやて)……181

第五章　青嵐（せいらん）……229

装丁　岩瀬聡

第一章

初嵐（はつあらし）

島原半島原城跡

残暑を宿した陽がすこしずつ傾いていって、島原半島の西方に望む愛宕山の頂きにさしかかろうとしていた。原城の本丸跡でチャンバラに興じる子どもたちの影が叢に尾をひく。口々に勇ましい叫び声をあげながら影は縦横に駆けていた。

それぞれが木切れを刀に見立てて振りまわしているなかで、頭ひとつ飛びでた大柄な子どもだけが真新しい竹刀を手にしていた。竹刀は弾力があるため、打ち据えてもケガの心配はない。少年は自分を取り囲む七、八人の子どもたちに突進していくや、竹刀を頭上に振り下ろし、胴を払い、小手を打った。

小気味よい音がして、悲鳴があがる。

「康っちゃん、痛かよ!」

「なんば言うとっとか! お前たちのためばおもって、わざわざ竹刀を買うてきたんじゃなか

「……文句ばいわんでかかってこんか！　俺は桑畑三十郎じゃ！」

康っちゃんこと白倉康夫少年が目をむいて一喝すると、竹刀を上段に構え直し、四方に睨みをきかせた。

康夫が口にした「桑畑三十郎」は、この年——一九六二年七月に公開された映画『用心棒』の主人公の名前だった。監督は巨匠の黒澤明。三十郎を演じた三船敏郎が日本人で初めてベネチア国際映画祭最優秀男優賞に選ばれるなど、話題の映画だった。風来坊の浪人がふらりと立ち寄った宿場町で、対立する二つの渡世人一家を相手に大活躍するアクション時代劇だが、康夫のお気に入りは三十郎が渡世人三人を瞬時に斬り殺すシーンだった。これをまねて面・胴・小手と、それぞれ三人を目がけて竹刀を打ちすえるのだから少年たちはたまったものではなかったろう。

「貴様どみゃ、かかってこんか！」

もう一度、怒声をあげ、上段に構えたまま半歩進み出ると、輪が半歩退いて乱れる。だれもが腰が引けていたが、退がってばかりいると康っちゃんを怒らせ、何をされるかわからない。

「エ、エイ！」

うわずった声をあげて次々に斬りかかり、一刀のもとに叩き伏せられていくのだった。

「よし、もうよか。また明日だ」

康夫が満足そうな笑みをうかべる。子どもたちはそっと安堵の溜め息をもらしつつも、「また明日」のひとことに顔をくもらせ、上目づかいに顔を見合わせていた。

原城跡は島原半島の南部——長崎県南島原市南有馬乙にある。四キロ四方と城域は広大で、有明海に張りだした丘陵にかつて築城された。南と西は断崖絶壁という天然の要害に立地して本丸、二の丸、三の丸、天草丸、出丸からなる。島原湾をはさんで東は肥後、南は天草諸島を見わたすことができる。原城は別名「日暮城」とも呼ばれ、日の出から日没まで山海の景色を楽しむことができた。

九月初旬とあって日中の残暑はきびしかったが、陽が翳りはじめると有明海を渡る潮風が汗に濡れた頬に心地よかった。康夫が命じて水筒に井戸水をくんでこさせ、うまそうにノドを鳴らした。

原城は歴史上、キリシタン一揆「島原の乱」の舞台として全国に知られる。美貌にして天童と称された天草四郎が三万七千人の地元農民を引きつれて籠城、幕府軍勢十二万人と対峙。四ヶ月の攻防のすえ、幕府に内通した一人をのぞいて全員が殺された。原城は二〇一八年六月三十日、世界遺産「長崎と天草地方の潜伏キリシタン関連遺産」の構成遺産として登録され、多くの観光客が押し寄せることになるが、当時の康夫たちにとって原城は格好の遊び場にすぎなかった。天草四郎については少年たちも知っている。城跡には赤い帽子に同色の前垂をかけた

「骨噛み地蔵」が建っており、一揆で打ち捨てられた遺骨を当時、浄土宗の僧侶が拾い集め、供養のために建てたものと聞いてはいるが、所詮、歴史の彼方の話だった。


「さあて、帰るか」

康夫が竹刀を肩にかついで、立ちあがったときだった。

本丸跡地に駆けあがってくる足音につづいて、

「先生、白倉君がいました！」

クラスの男子が姿を見せ、後ろをふり返って叫んだ。

南有馬小学校の笹塚教頭が足をもつらせ、息せき切って登ってくると、

「し、白倉、ち、ちょっと来てくれんか」

生唾を飲みくだすようにして言った。

「俺（おい）？　何もしとらんよ」

康夫が眉間に警戒の色をうかべた。

「そうじゃなか、こっちの頼みばい。良雄が自殺するゆうて大騒ぎになっとっとばい。ほりゃ、こん下の岩場たい」

白い開襟シャツを汗で肌に張りつかせた教頭が手招きして小走りに崖にむかい、白倉と少年

たちが色めきだってそれに続く。

康夫が教頭に並び立って見おろす。標高三十一メートルの懸崖で、かつて城はこの懸崖を背にし、海から攻略するのは不可能とされた。ふだんは穏やかな海だったが、近づく台風の影響で白波が立っている。三百メートルほど沖合に浅瀬があって、春先の大潮のときの最干潮時には干上がって白い州になるのだが、ひとたび海が荒れると浅瀬で波が背伸びするように高くなり、崖下の岩場に打ち寄せて四方に砕けとぶ。岩場の沖に突き出た部分にしがみついて飛沫をかぶっているのが山川良雄だろう。青い半袖シャツは今日、学校に着てきたものだった。

大人たちが十人ほど、手前の岩場から盛んに声をかけているのが見てとれる。

「近づいたら飛び込むゆうから、誰も近づけんとたい。白倉、良雄に思いとどまるようにゆうてくれんか」

教頭が目を上げて言った。

「なんで、俺が」

「おまえの言うことなら絶対きくよって、クラスのみんながゆうとるけん」

「死にたきゃ、死んだらよかろうもん」

「何ば言いよっとか。死なせたらえらいことになる。頼むから先生と一緒に行ってとめてくれ。これ、このとおりだ」

頭をさげ、丸眼鏡がずり落ちた。

「わかりもうした」

時代劇がかった物言いは、『用心棒』の桑畑三十郎になったつもりなのだろう。身をひるがえすや急峻な斜面をジグザグに駆けおりていく。陽はすでに翳っていた。海はさらに時化（しけ）てくるだろう。康夫は危険をおかして急峻を急いだ。

悪童

岩場では教師や漁師、そして良雄の両親が風によろけないよう岩をつかみ、

「早まるな！」

「帰ってこい！」

と同じ言葉をそれぞれがくり返していた。帰港した漁船が岩場にしがみつく良雄を見つけて駐在所に通報。大騒ぎになったということだったが、当初は良雄の足がすくんで動けなくなっているものとみたようだ。

　ところが、

「いま助けに行くけん、じっとしとれ！」

町会議員をつとめる良雄の父親が叫んで、そろりと足を進めようとしたときだった。

「来んな！　来たら飛び込むけん！　ボク、死ぬったい！」

半泣き顔で飛びこむ仕草をみせたのである。父親と何かあったのか。駆けつけた大人たちはこのやりとりに当惑し、良雄にかける言葉を失った。

母親が声を顔をゆがめて声をしぼりだす。

「良雄！　理由ば話してくれんね。お母さんが勉強のことで叱ったことが悪かったんならあやまるけん、とにかくこっちへ来んね。いま、お父さんがいくけん、じっとしとって」

「来んでよか！　死ぬけん！」

家族関係に何か問題があったのだとすれば他人が立ちいることは憚られる。助けに行って飛びこまれでもしたらえらいことになる。それで離れたところから「早まるな！」「帰ってこい！」と、説得に具体性を欠くを言葉をくり返すばかりだった。

そこへガキ大将の康夫が突然、あらわれたのだから大人たちは一様に怪訝な顔をした。

「康夫やなかか。どがんした？」

漁師が小声で問いかけたがそれには答えず、康夫は大人たちを押しのけるようにして進みでると、

「良雄、みんなが心配しとるけん、こっちへ来い」

やさしく語りかけた。

「いやだ」

良雄が口をとがらせる。

「そんなこといわんで、こっちへ来い」

「行かん、帰れ」

「行かん？　帰れ？　そりゃ、俺にゆうとっとか？」

康夫の顔つきがかわった。

「良雄！　俺がはよ帰ってこいとゆうとるやろが！　帰ってこにゃ、ブッ殴すっぞ！」

「はい！」

弾かれたように直立不動で返事をする。風でゆれた身体に飛沫がかかり、よろけて海に落ちそうになった。

「あぶない！」

一斉に叫び声があがった。

大人たちは知らなかったが、背後で遠巻きにする少年たちには良雄の気持ちがわかっている。良雄は海に飛びこむことよりも、康っちゃんにブッ飛されることのほうを恐れたのである。良雄の両親も、教師も、漁師も、駐在さんも、結局、なぜ良雄が康夫の言うことをきいたのか見当がつかず、当惑するばかりであった。

良雄が身体を〝くの字〟にさせて、おぼつかない足どりで岩場をつたいながら十四、五メートルをもどってくる。康夫は手をさしのべながら、声をひそめて言った。

「いらんことばゆうたら木刀で脳天ばカチ割るぞ」

良雄は紫色に変色した唇をふるわせ、コクリとうなずいた。

この一件で、教師も地元の大人たちも康夫を見直すことになる。粗暴なガキ大将としかみていなかったが、一喝で自殺を思いとどまらせたのだ。鶴の一声をしゃれて、「康夫の一声ばい」と評判になっていくのだった。

この日、康夫は家に帰ると、

「煮麵（にゅうめん）！」

土間の奥に怒鳴った。

炊事場で下駄の乾いた音がして、母親の久子が割烹着で手を拭きながらでてきた。

「ランドセルば放り投げてからに、大事にせんばつまらんでしょ」

「兄貴のお古やけん、かまうことはなか。煮麵、はようしてくれ」

「母親にそがん口ばきく子がどこにおると」

「はようしてくれ！」

「もう、できとるばい」

久子が溜め息をもらした。

長崎は製麺業がさかんだが、ここ島原一帯は「島原そうめん」で知られる。煮麵は茹であげた麵に熱い汁をかけたり、味噌で煮こんだりするのが一般的だが、島原地方では麵を汁にいれて直に沸騰させる。これをこの地では「地獄煮」と呼び、康夫の好物だった。

煮麵を口にはこぶ康夫の露出した肩から玉のような汗が吹きだし、泥でよごれたランニングシャツがそれを吸いとっていく。そばに竹刀が立てかけてある。

「今日も原城かい？」

久子が団扇で康夫の背に風を送ってやりながら言った。

「うん」

「桑畑三十郎もいいけど、友達にケガばさせせんかったやろね」

「真剣なら死んどる」

「またそがんことば言って。母さん、苦情はもう結構ばい」

「心配せんでよか。親が文句ばゆうてきたら、俺がそのガキをブッ殴すけん」

顔をあげることもなく、麵をフーフーしながら言った。

康夫の悪童ぶりを数えればきりがない。子育てに手をかけたという記憶は久子には薄かったが、八人兄弟の五番目ということが理由ではなかった。康夫がものごころつく幼稚園のとき、夫の卓治が連帯保証人になって多額の借金を背負う。その日を生きるのに必死で、子育てという意識も余裕もなかったのである。

銀行もヤミ金も同じだ

夫の卓治は一九四五年秋、終戦によって満州から引きあげてきた。戦争末期に徴兵されてはいるが、もともと実兄が満州で経営するタクシー会社の専務として采配をふるっていた。復員すると、蓄財をもとに島原一帯に売り歩くアイスキャンディー店をはじめ、これが当たる。一方、久子は島原鉄道創設者の家系につらなり、名家の出身であったことから口をきく人があって卓治と見合い結婚をする。

経済的にも恵まれ、白倉家は地元の名士だった。卓治はハイカラで、当時は上流階級のスポーツだったテニスに興じ、これも当時はめずらしかった自動車の運転免許を島原半島で一番目に取得。長崎県下でも取得順に数えられるほどだった。クルマも所有していて、

「白倉さん、運転を教えてください」

と言って島原のあちこちから人が訪ねて来ていた。気のいい卓治は手とり足とりで教えてやったうえに、夕食に燗酒をつけてふるまったりもした。

「旦那は太っ腹だね」

おだてられると、

「おい、酒だ！」

銚子を追加する。

浪花節や浪曲をうなり、喝采をあびると札をまいた。良くも悪くも田舎のお大尽だった。卓治はまだ四十をこえたところで、これから政界に打って出るだろうと噂されていた。

人生が暗転するのは康夫が幼稚園に通い始めたころだった。満州時代の知り合いだという男が突然、白倉家を訪ねてきた。酒肴をふるまい、飲んで、歌って、酔って、おだてられた卓治は連帯保証人の実印をつき、やがて男は姿をくらます。

「ケツの毳まで抜くということでは、銀行もヤミ金も同じだな」

と、のちに白倉が語るように、返済期日の翌朝、銀行員が押しかけてきた。返済を迫られ、事情がのみこめない卓治が呆然とするそばで、銀行員が土間の隅に並べられたバケツに目をとめた。中は一円札、五円札、十円札で満杯になっている。アイスキャンディー一本が五円。その売上金だった。これを強引にもち去った。そして翌日の夕刻から銀行員がやってきてバケツごと持ち帰り、空のバケツは翌日の夕刻に持ってきて土間に放り投げ、甲高い音をあげた。

「そんな態度はないだろ！」

卓治が激昂すると、

「怒るんなら、払うものを払ってからにしたらどうです」

冷笑した、そのときだった。康夫が背後から銀行員の足を蹴った。若い銀行員は不意をつかれて「ワッ！」と叫んだ。バツが悪い思いをしたのか、この日はそそくさと帰って行ったと、後年、康夫が東京から帰省するたびに久子が話題にして、苦しかった時代をなつかしんだ。康夫にはその記憶はなかったが、母親が額を土間にこすりつけるようにして土下座した姿は脳裏に焼きついていた。

貧窮

土地のすべてを手放し、丸裸になってなお、いつ終わるともしれない返済地獄に苦しんだ。父の卓治は働く意欲をなくし、朝から酒に逃げた。進退窮まったのは久子だった。長女を頭に三男五女の子どもがいる。今日をどう食いつないでいくか、そのことしか念頭になかった。親戚に頭をさげて援助を乞うことも考えたが、久子にも意地があった。卓治のこれまでのハデな生活に対する揶揄が耳に入っている。「酒を飲む金と暇があれば働けばいいじゃないか」という冷ややかな非難も聞こえている。頭を下げてまわっても、おいそれと助けてはくれまい。

さらに久子が心配したのは子どもたちへの影響だった。康夫やその下はともかく、上の子ど

もたちは、

「なして父ちゃんはお酒ばっかり飲んで、仕事ばせんと?」

批判に棘があった。

「父ちゃんも苦しんどっとばい」

と夫の肩をもつが、貧しくてノート一冊さえままならないとなれば、多感な年ごろは残酷な言葉を口にするものだ。

自分が何とかしなければ家庭が崩壊する。だが、勤めたのでは家族を養うだけの給金はもらえない。思案しているところへ豆腐屋の話が舞いこんできた。高齢で店を閉めることになり、ついては代わってやったらどうかと、知人でもある当の老婆が言った。

「朝が早いし、楽じゃなかばってん、豆腐屋はなくちゃならんもんじゃけん、食いっぱぐれはなか」

久子はまだ四十前だ。つらいのはかまわない。食いっぱぐれがないという一言に気持ちがうごいた。老婆の店に籠もって豆腐づくりをおぼえ開業する。

仕事はきつかった。前日に大豆を水につけておいて、未明の二時に起きて作業を始める。康夫の姉も兄も登校前、往復二時間をかけ、自転車で島原市まで豆腐を売りに行った。不満ひとつ口にしなかったのは、久子の苦労をそばで見ているからだろう。

康夫も見よう見まねで近所に豆腐を売りに歩いた。幼児の手に豆腐一丁は大きすぎて乗らないため、久子が四等分に包丁をいれてくれた。近所のおばさんたちは白倉家が没落した経緯を知っているだけに、「豆腐、豆腐」と舌足らずの声で売って歩く康夫が不憫に思えたのだろう。

「康っちゃんな、えらかねぇ」

「頑張らんね」

励ましたり、やさしい言葉をかけたり、飴玉をくれる人もいて、豆腐はたちまち売り切れるのだった。同情ということが幼児の康夫にはわからない。全部を売って帰るということが誇らしく、母親の笑顔がなによりうれしかった。

それから四年が経っていまも借金の返済はつづいているが、白倉豆腐店は近隣の評判を得て繁盛し、夫の卓治も豆腐づくりを手伝ってくれている。銀行にとっては取り立てというよりローンの返済のようなもので、滞りなく返済してくれる白倉家はむしろお得意さんになっていた。現金なもので、これまで高飛車な態度だった銀行員も愛想笑いのひとつも見せたが、康夫だけは敵意の目で睨みつけていた。

人並みの平穏な生活をとりもどしはしたが、子どもたちに苦労をかけたと久子はしみじみ思う。とりわけ康夫はものごころつく大切な幼稚園時代にかまってやれず、可哀相なことをした。それでもスクスクと育ち、育ちすぎてガキ大将になって、父兄から怒鳴りこまれているが、四等分した豆腐を売って歩いてくれた幼い日の康夫の姿を思い浮かべると、頭ごなしに怒ることはできなかった。


康夫が煮麵を完食し、箸を置いて顔をあげる。

「母ちゃん」

「なんね？」

「きょうの晩メシは何や？」

口を手の甲で拭いながら言った。

「なんでもええけん一番をめざせ」

翌朝、山川良雄は登校しなかった。

その次の日も、さらにその次の日も欠席した。岩場で波飛沫（しぶき）をかぶったので風邪を引いたということだったが、理由はそうではあるまい。四日目の昼休み、康夫の悪い予感は的中する。担任の高森に呼ばれ、校舎二階の職員室へ出向くと、そのまま隣室の校長室に入るよう高森が厳しい顔で告げた。

校長室には飯田校長以下、教頭、学年主事、生徒指導、そして高森が長テーブルを囲んですわった。

「白倉、山川がどうして学校にこないか理由ば知っているな」

飯田校長が詰問するように言った。

「知らん」

康夫が胸を聳（そび）やかせて言う。

「山川が自殺騒ぎをおこした前日の放課後やが、おまえは教室でケンカ大会ば開いたそうだな」

「うん。誰が一番弱かか、決めようと思うて」

「白倉！　そがんことが学校で許されるとおもうとっとか！」

生徒指導がテーブルを叩いたが、康夫は引かない。

「校長が朝礼でゆうたやなかと！　三年後が東京オリンピックやけん、おまえらも何でもよかけん一番ばめざせ、一番が一番偉い——そう言うたやなかか。ケンカは俺（おい）が一番強かけん、一番弱かヤツば決めて表彰してやろうと思うただけや。校長のゆうとおりして、どこが悪かか」

「そういうのをイジメと言うとばい！　山川は現に学校へ来れんじゃなかか！」

「どうして来んとか！　来えばよか」

「ケンカで一番弱かということになって恥ずかしがっとっとたい！」

「何が恥ずかしかばい。本当じゃいけん、よかじゃなかか！」

「何やと！」

「やめたまえ」

　校長が制して、

「今日の放課後、ＰＴＡの役員さんたちが見えるので、引き続きそこで話し合いたいと思います」

　と締めくくった。


　ＰＴＡ会長の山川良雄の父親は、島原半島一帯で手広く雑貨チェーン店を展開している。裕福な家で、母親は良雄の友達が自宅に遊びにくるとケーキやクッキー、さらに当時は高価でめずらしかったフレッシュジュースをふるまって歓待した。学校を病欠した子がいれば級友が下校時、宿題のプリントを届けることになっていたが、良雄のところだけは競うようにしていきたがった。

　級友のこの節操のなさが康夫は気にいらなかった。しかも良雄は臆病で、ひ弱で、ケンカひとつできないくせに、親の力でみんなからチヤホヤされることも癪に障った。良雄をブッ殴（くら）そうかと思ったが、それでは大義がたたない。そこで康夫は「なんでもええけん一番ばめざせ」

という校長の言葉を逆手に取って、ケンカの一番弱い人間を決める大会を思いついたのだった。

放課後、校長室でＰＴＡ役員との会合がはじまった。康夫はその一時間前から天井裏に忍びこみ、耳を澄ました。まくし立てているのは良雄の父親だとわかる。康夫の粗暴ぶりを一つずつあげながら「あの子は転校させるべきだ」と迫っているが、飯田校長は、

「粗暴は転校させる理由にはなりません」

と諭す。

「じゃ、うちん子はどうなってんよかということか？　もう学校へは二度と行かんといいよっとばい！」

良雄の父親がさらに激しく迫り、母親が、

「良雄が可哀相で、うちは食事もノドば通らんとです」

涙声で訴える。

話し合いは平行線をたどっていたが、康夫が眉間にシワを寄せたのは、担任である高森のぞんざいな次の発言だった。

「校長、白倉の問題は、まずあんたが責任をとって辞職することだ。独善的な運営が学校の荒廃を生んだんだから」

「問題が別でしょう」

校長の声が甲高くなる。

「別じゃない。生徒の人権、教員の人権をないがしろにするからこんな問題が起こるんじゃないか」

話が妙な方向にむかっていた。「高森はアカやけん気ばつけれ」ということは康夫も耳にしていた。アカという言葉の意味はよくわからなったが、日教組とかいうところの熱心な組合員であるとは聞いていた。高森にどれほどの力があるのか康夫にはわからないが、校長が腫れものにさわるように接していることから、ある程度の想像はできた。

だが、康夫にしてみれば、ヒラの先生より校長のほうが位が上である。それなのにヒラが上に対して威張ることのほうが間違っているような気がするのだが、高森は譲らず、

「白倉を転校させ、校長のあんたは責任ばとって辞職するということで一件落着。そうすれば良雄君の人権は守られ、明日からでも登校できる。でしょう、会長？」

「そうや、それがよか」

「結論は急ぐべきではありません！」

凛とした声は若い吉岡先生だった。この四月、東京の小学校を辞して郷里の島原に帰ってきたと康夫は聞いていた。物静かな先生だが、このときは天井裏にまでその声が響いた。

「山川君に人権があるなら、白倉君にも人権がある。まして私たちは教育者です。しっかりと

時間をかけて話し合うべきです。それに白倉はガキ大将かもしれませんが、弱い者いじめをする子じゃない」

「なんばいいよっと。現に弱い者いじめをしてるじゃないか」

「それは弱い者いじめじゃなくて、山川君が非力であるにもかかわらず、クラスで一定の存在感をもっているのはひとえに父親の経済力によるものであって、そのことに対して白倉君は……」

一気にそこまでいって口をつぐんだ。山川会長の前でいうべきことではなかった。微妙な空気が流れる。

飯田校長が話題を転じるように言った。

「とにかく話し合いましょう。おひとりずつご意見をお願いします」

山川会長の意見に賛同する役員、慎重派の役員、さらに高森を非難する役員がいて会議は紛糾をはじめた。白倉は天井裏をそっと抜け出した。小学校のすぐ脇を走る国道251号線を横切ると、近道をして小川沿いの畦道(あぜみち)を駆けた。

棲む世界の違い

坂道を登りきり、洋風の邸宅を囲むブロック塀に沿って左に曲がると、鉄の棒を幾何学的に組み合わせた黒い門があった。門柱に《山川》という銅板の表札が嵌めこまれている。康夫は深呼吸して荒い息をととのえ、ブザー式になった呼び鈴に目をすえる。呼び鈴のある家はめずらしく、すこしためらってからブザーに人差し指を押しあてた。

庭をはさんだ玄関のドアが開いて、白いエプロンを掛けた若い女性が姿をみせる。お手伝いさんがいると聞いていたから、彼女がそうなのだろう。

「良雄君、いらっしゃいますか？」

「あなたは？」

眉間にシワを寄せたのは、いつもやって来る級友たちと雰囲気が違ったからだろうか。

「宿題のプリントを届けにきました」

康夫が快活な声でいって白い歯をみせると、

「あら、そうなの。ご苦労さま」

ニッコリ笑って門を引き開けた。

お手伝いさんのあとに続いて庭を横切り、広い玄関に入る。運動靴を脱いで板の間にあがると、腰をかがめてその靴をそろえて見せる。

「あら、感心ね」

目をまるくしてから、

「お坊ちゃん、お友だちですよ！」

階段の下から二階に声をかけた。

ドアが開く音につづいて小走りに階段をおりてくる足音がいきなり踊り場でとまった。

良雄が凍りついている。

「具合はどうだい？　宿題のプリントを届けにきたばい」

康夫は笑みを浮かべると踊り場まで数段をあがり、良雄の肩をだくようにして、

「御前（わん）の部屋へ行こうやなかか」

耳元でドスをきかせた。


良雄の部屋に入ると、康夫は感心するように見まわした。八畳ほどの洋間だった。アームスタンドが付いた机、柔らかそうなベッド、そして窓のない三方を書棚が囲んでいて、パスツールやナポレオン、エジソン、野口英世など国内外の偉人伝記シリーズや事典、科学など教養本が整然と納まっている。

「これ、みな読んだんか？」

椅子に腰をおろしながら思わず問いかけていた。

「うん」

「御前（わい）も偉か人になるとか？」

「そういうわけじゃ」

良雄が照れて、少し離れた位置に椅子を引いて座る。

「エジソンもよかが、おそ松くんも面白かぞ」

「オソマツくん？」

「おそ松くんを知らんとか？　週刊少年サンデーで連載が始まったとやろうが」

「漫画は読ませてもらえないから」

小さな声でいってから、

「あっ、そうだ。康夫君、ボールペン、いらない？　まだ新しいんだよ。パーカー、ほらアメリカの」

「いらん」

康夫がぶっきら棒にいう。

「じゃ、シャープペンは？　これも新品で僕の誕生日にお父さんが……」

「いらん」

「プラモデルは？　戦車もあるし戦艦もあるし……」

「いらんいうとるじゃろ！」

険しい顔をみせて、

「なんであがんことばした。俺に対するあてつけやろ。本気で飛び込む気じゃなかったとやろう。御前のおかげで俺は転校させられるかもしれん。そうなったら良雄」

ひと呼吸おいて、

「ただですむとおもうなばい！」

良雄が顔をゆがませた。膝のうえにおいた両手がガタガタ震えている。これ以上追いこむと今度は本当に海に飛びこむかもしれない。康夫は一転、温和な表情になると、やさしく諭すような口調で言った。

「いいか良雄、ケンカは強か者もおりゃ、弱か者もおる。弱かけんとゆうってなにが恥ずかしかか。勉強で一番になるんはようて、ケンカん弱さで一番になるんは、なしてようなかない。どがんことでも一番になるんはよかことやろ。違うか？」

このあたりの詭弁は天性のものとしかいいようがないが、窮地にある人間は、その言葉がたとえ矛盾していようとも自分の気持ちが救われるとなれば素直に受け入れるものだ。良雄がうなずき、康夫がそれに大きくうなずき返して続ける。

「明日から学校へ来い。御前のことは俺が面倒ばみてやるけん、何も心配いらん」

良雄にしてみれば、地獄で出会った鬼が仏に一変したような気分だったろう。小学四年生ながら、白倉康夫の名前は南島原一帯の不良中学生たちにの間に鳴り響いている。これでもう怖いものはない。良雄の顔に喜色が浮かんだところで、

「ばってん転校させられたら御前の面倒はみられんごてなる」

ここに訪ねてきた本題をさりげなく口にすると、

「大丈夫、僕からお父さんに話すから！」

語気を強くして、良雄はうなずくのだった。

ノックに続き、お手伝いさんがお盆にジュースとショートケーキを乗せて入って来る。

「宿題の話は終わりましたか？」

「はい、良雄君によく説明しておきました」

「ご苦労さま」

テーブルにグラスとケーキを並べてから、

「坊ちゃん、寒くないですか？」

と言って、本箱の上におかれたリモコンスイッチを手にとった。

康夫はこのときモーターの低い唸り音に初めて気がついた。クーラーだった。どうりで涼しいはずだ。わが家には年代物の扇風機が一台あるだけで羽根がカタカタと鳴った。自分が朝早くから豆腐を売りあるいていた幼いころ、良雄は快適なこの部屋のベッドですやすやと眠って

いたのだ。子ども心に自分とは棲む世界が違うと思った。世のなかとはそうしたものなのだろう。クラスで評判のフレッシュジュースはさすがにおいしかった。みんなが競ってプリントを届けたがるのは当然だろうと康夫は受けいれつつも、何となく釈然としないものが残るのだった。

康夫の転校問題は結局、うやむやになってしまった。PTA会長である良雄の父親が態度を一変させたからである。「子ども同士のことだ。白倉君の将来も考えて、ここはひとつ大目に見ようじゃありませんか」――そう言って笑った。

信念は胸に秘めるもの

島原半島の脊梁(せきりょう)をなす雲仙岳(うんぜんだけ)は、普賢岳や国見岳、妙見岳など八つの山の総称で、晩秋になると百二十種類を超える紅葉植物が鮮やかな色を競って連なる山肌を覆い、その美しさに息を呑む。

十月下旬の日曜日、康夫は吉岡先生に誘われて雲仙岳に登った。歩けば南有馬から四、五時間の遠足コースだが、吉岡が近所の農家から三輪の軽トラックを借りてきたので、住まいのある南有馬から三十分あまりで国見岳の山頂展望台についた。良雄の一件で、新任の吉岡先生が自分をかばってくれたことを天井裏で盗み聞きして以来、康夫は吉岡先生が好きになっていたが、一年の担任だったので話をする機会がない。そこで吉岡が部活動で陸上部を担当していたことから、康夫は強引に中途入部したのである。吉岡も康夫に感じるものがあったのだろう。休日は南有馬漁港の岸壁から一緒に釣り糸をたれてキスや黒鯛を狙うなど、なにくれとなく可愛がってくれていたのだった。

「きれかばい」

島原半島を眼下に一望しながら吉岡が言った。

「康夫、『櫻の木の下には屍体が埋まっている』という言葉ば聞いたことあるか?」

「知らん」

「梶井基次郎という作家がそう書いている。櫻が爛漫と咲いてあまりにきれいすぎるんは、樹ん下に屍体が埋まっとるけんにちがいなかというわけだ。花ん美しさ――つまり、生(せい)の真っ盛りに、梶井は死のイメージば重ね合わせることで、不安という精神的な束縛から自由になろうとした」

「なんのことかようわからん」

康夫が不機嫌な顔をすると、吉岡が笑みを浮かべて、

「この美しい島原の地中には多くの命が埋まっとっと」

「キリシタンか?」

「そうだ」

「ばってん、国が禁止した宗教ば信仰するとやけん仕方がなかやなかか」

「座ろうか」

吉岡がベンチに腰をおろし、さきほど地獄谷で買った温泉卵を差し出した。何の話をしようとしているのか、康夫はいぶかりながら言葉を待った。

「江戸時代初期、この一帯は松倉重政という大名が治めていた」

問わず語りに語りはじめた。

「世渡り上手で、もとは豊臣家の旗本で大和の小大名だったが、関ヶ原の戦いで東軍についた。そして家康にとりいり、この島原の大名にしてもらうや、新しく自分好みの城を築くために費用を農民から搾りに搾り取った。さらに江戸幕府にいい顔をしようとして、江戸城改築の分担費用を身の丈をはるかにこえて申請し、その費用も農民からむしりとった。

そして息子の勝家の代になると、取り立てはさらに厳しくなる。牛や馬が通っても税を取った。子どもが生まれれば人頭税、死んだ者を埋葬するため穴を掘れば穴税まで取り立てた。島原近隣の人たちは言ったそうだ。『島原の人間は、あれでよう生きとる』と」

「ひどか話じゃ」

康夫は眉をひそめながら、幼いころ銀行員が取り立てにやって来て、バケツを放り投げたときの甲高い金属音が脳裏に響いていた。

「やがて江戸幕府のキリシタン弾圧政策に迎合して苛烈な弾圧と拷問が始まる。このあたりは歴史的な経緯から農民にキリシタンが多かったからね。農民の顔に焼き鏝で『吉利支丹』という文字ば押す、指ば切り落とす……。キリシタンだけでのうて、年貢ば納められん農民に対して、そん温泉卵ば買うた雲仙地獄の沸騰した熱湯で拷問と処刑ばおこなったんや」

「俺やったら黙っとらん」

吉岡がうなずいて、

「やけん天草四郎ばリーダーとしてキリシタン農民が蜂起した。『島原の乱』は宗教の戦いやのうて、もう生きとれんばい、という生活苦からおこった戦いなんや。けど多勢に無勢じゃ。最後は原城に四ヶ月籠城して三万七千人が皆殺しにされてしまうんは、康夫も知ってんとおりだ」

「そのあと島原はどうなった？」

「代官に任ぜられた鈴木重成という男が寺ば復旧してキリシタンの一掃ば図るが、天草ん農民は依然として重税と飢饉に苦しんどった。見るに見かねた重成は農民のために租税の半減ば幕府に上訴するが、当時、上訴なんてもってんほか。そん責めば負うて自邸で切腹する」

「なしてそがん話ば俺にするっと?」

「十人おったら十の正義があるということや。松倉親子も自分では悪かことばしようという気はなかったとやろう。天草四郎も、鈴木重成も、みんな自分は正しかことばしよっとおもうと。それが人間やということは康夫には知っといて欲しかばい。いまは先生の言うことがよう理解できんかも知れんばってん」

「じゃ、担任の高森も? 校長も? 山川会長も? みんな自分が正しかと思うとるとか?」

「そうや」

「なら、こん世のなかに悪人はおらんやなかか」

「悪人かどうかは、そん人間ばみる自分が決めるったい」

「どがんして決める?」

「西郷隆盛の『敬天愛人』という言葉ば知っとるか? 天を敬い人を愛するという意味ばってん、天とは真理・神・宇宙んことやけど、先生は〝自分の信念〟を貫くことやと思うとると。自分の信念──つまり、人生観に照らしあわせて善悪を決める。ちょっと難しか話になってしもうたな」

「先生」

「なんか?」

「先生の信念はなんやと？」

「人に言うもんじゃなか、自分の胸に秘めとくもんや」

「信念、貫いとるんか？」

「それが、なかなかうまいことといかんけん、康夫にこうして話してきかせとる」

吉岡はかつて文学青年で、小説家を目指していたということは釣りをしながら聞いたことがある。うまくいかなかったことは言葉の端々から察した。よくはわからないが、裏切られたとか、利用されたとか、だまされたとか、人間関係でいろいろ悩みもあって郷里の島原に帰ってきたという大人たちの噂を耳にしていた。華奢（きゃしゃ）で、足は遅く、およそ陸上部の顧問をするタイプではなく、色が白いことから「青瓢箪（あおびょうたん）」と親愛をこめて陰で呼んでいたが、吉岡がここまで内に激しい思いを秘めていたことを康夫は初めて知るのだった。

吉岡は何を言おうとしたのだろうか。康夫にどこまで理解できたかはわからないが、雨水が砂地にゆっくりとしみこんでいくように、吉岡の言葉は無意識のうちに康夫の心の奥底に沈殿していったのだろう。後年、康夫が興す新聞に『敬天新聞』と名づけるのは、このときの吉岡の言葉によるのだった。

「これ、食べれや」

吉岡は手にした自分の温泉玉子を握らせながら、

「康夫、勉強もせろや。ケンカが強かだけやらつまらんし、勉強ができるだけでもつまらん。両方ができて初めて人は認める」

「先生」

「なんや」

「まるで遺言みたいやないか」

「ホンマやのう」

吉岡が笑った。

それから三日後、吉岡の遺体が原城の絶壁の下の岩場で発見される。遺体のそばで釣り竿が波に洗われていた。検死に不審な点はなく、釣りをしていて足をすべらせたものと警察は断定したが、康夫は吉岡先生が二十五歳の命をみずから断ったのではないかと遺影を見上げながら思った。

新たな時代の熱気

明けて一九六二年――。

混乱と激動の日米安全保障条約改定から二年がすぎ、空前の好景気にわいた岩戸景気にも翳りがみえはじめていたが、二年後にひかえた東京オリンピックの特需が池田内閣の「所得倍増計画」の追い風となり、日本経済は曲折をへながらも高度経済成長の道をひた走っていた。産業構造の急激な変化は、都市への人口集中と農山村の過疎化という社会問題を孕(はら)みながらも、新たな時代の熱気が日本全土をおおっていた。この年、テレビ受像器が一千万台を突破し、普及率は全世帯の四八・五パーセントに達した。働けば働いたぶんだけ収入がふえていく。後年、この時代を「黄金の一九六〇年代」と呼ぶ。

表社会と呼応するように、ヤクザ社会も覇を競い、全国各地で激しくぶつかった。この年の一月、博多でヤクザ抗争史上に名高い「夜桜銀次事件」が起こっている。三代目山口組組員で、神戸から博多にあらわれた通称「夜桜銀次」こと平尾国人が、地元組織が開帳する賭場でトラブルをおこしたことから射殺される。山口組は「葬儀参列」として二百五十人の組員を夜行列車三本に分乗させて現地に送りこむ。事実上の九州侵攻とみた福岡県警は、武装警官六百人を動員して山口組員百五人を逮捕。拳銃、短刀、ライフル銃、カービン銃など多数の武器を押収する。

テレビは連日、ニュースで報じていた。小学五年生の康夫は抗争事件には関心がなかったが、「福岡」「博多」「中州」といった馴染みのある地名が出てくるので、つい画面に目がいってしまう。一斉検問で、ヤクザが警官隊に怒声を浴びせる様子が映し出される。

「悪さばっかりしとったら、あがん人間になってしまうばい」

久子が晩ご飯をよそいながらいうと、手酌の父親が赤い顔で、

「ばってん、ヤクザも親分になったらたいしたもんじゃ。のう、康夫」

「なしてそがんことば言うと！」

久子が気色ばんだ。

「どこがたいしたもんね。あんたは父親やろう、こん子ん将来んことば考えてんの！」

「何をそんなに怒ることがあるかい。康夫は勤め人には向かんのはわかっとるやろが。男ん人生は太う短う、好きに生きたらええんじゃ。のう康夫」

「あんたんごと？」

父親の手酌がとまった。

「ごめんなさい、そがんつもりじゃ」

久子があわてた。

子どもたちが口々に言ってそそくさと席を立つ。父親は無言で腰をあげると部屋を静かに出ていった。

「ごちそうさま」

久子が溜め息をついて康夫を見やる。箸をとめてテレビに見入っていた。粗暴な男たちが警官隊とが激しくやりあっていた。康夫のことだ。ヤクザにあこがれるのはわからないでもない

が、ガキ大将のまま中学、高校と進めば不良になり、ひょっとして本当にヤクザになってしまうかもしれない。八人兄弟のなかで五番目の康夫だけが心痛の種だった。

大人に勝つ

学校へ行く康夫の楽しみは放課後、悪童たちを引き連れて原城跡でチャンバラ遊びをすることだった。授業時間は苦痛で、それでも聞くとはなしに授業を聞いているだけで何となく頭に入っていく。家では宿題すらもやらなかったが、そこそこの成績がとれているのは、記憶力がいいのだろう。

持ち上がりで担任になった高森は康夫を徹底して嫌った。日教組の闘士で左翼思想の高森にしてみれば、腕力に勝る者がヒエラルキーの頂点に立つことは民主主義の否定であり、弱肉強食の社会の縮図に見えてしまうのだろう。その康夫を強制転校させ、校長の責任を追及して頭角を現すという千載一遇のチャンスを、良雄の父親が日和ったことで逸したことも我慢がならなかった。だから、良雄をことあるごとにいじめた。

今日の算数の授業もそうだった。

「小数点と言うんは、たとえて言えば康夫に良雄ばくっつけたようなもんばい。1には満たんが、良雄も数のうちや。ま、言うたら小判鮫やな」

教室が沸き、良雄が顔を朱に染めて口元をふるわせた。実際、良雄はいつも康夫にくっついて歩いていた。小判鮫と言えばそのとおりだった。

康夫とセットにすることで嘲笑したのだが、

「小判鮫のどこがいかんとか！」

康夫が憤然として立ち上がった。笑い声が水を打ったように静まる。クラス全員が固唾を呑んで見守る。

「小判鮫は、大きな魚にくっつくことで必死で生きとるやなかか。どこがいかんとか。あんたも同じじゃろう。先生という立場は大きな魚や。威張(いば)ってられるんは先生やけんで、あんたが偉かわけじゃなか！　あんたは小数点の下、0じゃ！」

校長に不遜な態度をとれるのも、日教組という〝大魚〟にくっついているからだということを言いたかったのだが、五年生の康夫はうまく言葉にならなかった。

高森が顔を朱に染め、康夫に歩み寄ると、口元をわなわなと震わせて言った。

「先生にそがん口ばきく生徒がどこにおるか。あやまれ！」

「本当んこと言うてどこが悪かか！　なしてあやまらんばならんとか。あんたのどこが偉かか！」

「もう一度言うてみい！」

思い切り康夫の頬を張り、倒れたところを足蹴にした。

当時は「愛のムチ」としての体罰は容認されたばかりか、教師に手を上げさせる生徒のほうに問題があると見られた。ガキ大将とはいっても、まだ小学五年生である。腕力では高森にかなわない。だが、このまま黙って退き下がるわけにはいかない。

「俺(おい)は授業は受けん」

言い捨てて教室を出た。

背後でガタゴト音がした。康夫が振り返る。男子全員が席を立ってついて来るではないか。高森があわてた。

「ちょっと待て、おまえたち、どこへ行く！」

走り出て制止しようとしたが、無言のまま、高森を避けるようにして康夫のあとにしたがう。

康夫はひとりで原城跡にでも行くつもりでいたのだが、にわかに気が変わった。渡り廊下を抜け、校舎の端にある講堂に入っていくと、もぞもぞと床の下に潜り込んだのである。腰をこごめなければならないが、広さは十分である。ここなら男子全員が〝籠城〟できる。

「早う出てこい！」

という命令口調が、一時間経ち二時間経つうちに、

「頼むけん出てきてくれ」

と懇願になっていった。

騒ぎが大きくなれば教育委員会で問題になる。康夫ひとりならともかく、クラスの男子全員の造反となれば教師としての資質を問われかねない。しかも暴力を振るってもいる。新聞にでも書かれれば組合での立場もなくなってしまう。尊大な態度の高森もさすがにヤバイと思ったのだろう。

四時間後、康夫は意気揚々と出てくると、

「原城に籠城した天草四郎は皆殺しにされたが、講堂ん床下に籠城した俺(おい)たちは勝った」

と、土地柄らしく天草四郎を引き合いに出して胸を張ってみせるのだった。

「人生は平凡でよか」母のため息

生徒に対して絶対的強者の教師でさえ、攻め方によっては勝てるのだという体験は強烈で、康夫のその後の生き方に大きな影響を与えることになるのだが、その一方で、

(もし誰もあとについてきてくれんかったら、自分はどうなっていたやろうか)

という思いがぬぐいきれないでいる。強制転校になっていたはずだ。厄介払いである。母親も嘆くだろう。予期せぬことだったが、みんながついてきてくれて本当に助かった。

(だがそれは、嫌われ者の高森に対する抵抗であって、自分にしたがってくれたのではないの

ではないか？）

と自問する。天草四郎には何千人という農民が殉じた。四郎と比べるべくもないが、男の器量ということに、康夫は子供心に漠然と思いを馳せるのだった。

吉岡先生の一周忌を前にした九月下旬、ふと思い立って雲仙岳に登った。なぜ雲仙岳に登る気になったのか自分でもよくわからなかったが、講堂の床下に〝籠城〟した一件以後、自分の中で何かが変わろうとしていた。

一年前、島原半島を眼下に一望しながら吉岡が言った言葉を思い浮かべる。

――康夫、勉強もせろや。ケンカが強かだけやらつまらんし、勉強ができるだけでもつまらん。両方ができて初めて人は認める。

なるほどと思う。良雄は勉強はできるが、頭の良さを評価はしても良雄を尊敬する者はいない。自分はどうか。ケンカでは誰にも負けない。勉強もそこそこにはできている。だが、「白倉君は素晴らしい」と称賛されることはない。評判なんかどうでもよかったが、「勉強ができないからガキ大将」「ガキ大将だから勉強ができない」と思われるのは癪だった。「勉強もできるガキ大将」「ガキ大将だけど勉強もできる」――。こうでなくてはならないと決心するのだった。

雲仙岳から帰宅して夕食のあと、康夫は見るとはなしにテレビニュースを見ていた。東京でヤクザの刺殺事件があったことを報じている。安藤組の花形という幹部が自宅近くで刺し殺されたというものだった。

「あがん人間になったらいけんばい」

母親の久子が聞こえよがしに言った。いつだったか、ヤクザの九州侵攻事件を報じるテレビニュースを観ながら、夫の卓治が手酌に赤い顔をして、「ばってん、ヤクザも親分になったらたいしたもんじゃ。のう、康夫」と言ったことで口論になったことを久子は忘れない。康夫はやさしい子だが、ケンカ早くて一本気なところがあり、それが何より心配で、「あがん人間」と何度となく言って聞かせるが、東京のヤクザ事件など康夫には関心がなかった。ただ、「花形」という芸能人のような名前と、「安藤組」という名称が、そうと意識しないまま記憶の隅に引っかかっていた。

「さあて、勉強するか」

康夫が腰を上げたので久子が驚き、

「よか学校に入って、よか会社に就職するとよ」

と言って喜んだが、康夫はニコリともせず、こう言い返した。

「ええ大学ば出て一流銀行に入って、金返せと言うて人ばいじめるんか？　うちに来る銀行の人間は、みんなええ大学ば出とるんやろう。しょうもなか」

「理屈ばっかり言うとやけん」

ため息をついて、

「将来、康夫が何者になるんか、お母さんは知らんばってん、人生は平凡でよか、平凡がいちばんの幸せばい。あがんニュースになるようなことはせんでよ」

と言った。


ちょうどそのころ、安藤昇は前橋刑務所で花形刺殺を知る。『横井英樹襲撃事件』で懲役八年の刑を打たれ、来年九月の仮出所まであと一年というときの悲報だった。島原半島田舎町で、このニュースを観ながら母親が我が子に諭していようなど、安藤はむろん知るよしもない。一方、康夫もまた後年、東京で安藤と邂逅することがあろうなど夢にさえ思わない。縁の不思議と言ってしまえばそれまでだが、人生は偶然に見えながらも、磁石と鉄が引き合うのに似て、必然であったのかもしれないと康夫は思うことになる。

小学校六年生にあがるとき。担任だった高森は転校していった。新任の若い先生は先入観がないだけに〝文武両道〟の康夫を可愛がってくれ、康夫もそれに応えてよく勉強した。

東京オリンピックを十月に控えた一九六四年三月、南有馬小学校の卒業式で、康夫は代表して答辞を読む。学業の成績だけであれば良雄が一番だったが、康夫は「勉強もできるガキ大将」として一帯にその名を知られる〝南有馬小の顔〟で、答辞を読むのは彼をおいてほかにはいなかっただろう。

翌四月、良雄は長崎市の私立中学へ、康夫は地元の南有馬中学校に入学する。東京オリンピック開催の年とあって、マスコミは年明けからこの話題で持ちきりだった。開会式の十月十日に合わせ、東海道新幹線はじめ、羽田と浜松町を結ぶモノレールなど交通インフラが急ピッチで建設されていた。

十月十日、のちに「体育の日」と呼ばれて祭日になるこの日、東京オリンピックは開催された。アジア地域で初めてというだけでなく、有色人種国家が主催する史上初のオリンピックでもあった。二十競技一六三種目。植民地の独立が相次いだことで、参加国・参加地域九十三は過去最高であった。この年、テレビの普及率は九〇パーセントに達し、日本中の家庭でオリンピックを楽しんだ。

重量上げフェザー級で三宅義信、「東洋の魔女」と呼ばれた日本女子バレーボールチームは回転レシーブを用いてそれぞれ金メダルに輝き、最終日の男子マラソンで円谷幸吉が渾身の走りで銅メダルを獲得して国立競技場に初めて日の丸が掲揚されるなど、国民はテレビの前に釘付けになった。金銀銅あわせて二十九個を獲得。金メダル十六個は米ソに続く第三位という快挙だった。終戦から十九年を経て、日本は世界に誇らしく胸を張ったのである。

だが、康夫の心中は複雑だった。今大会から、日本のお家芸である柔道が正式種目に採用され、男子のみ四階級の試合が行われた。中谷雄英（68キロ）、岡野功（80キロ）、猪熊功（80キロ）と順当に金メダルを獲得し、最後の無差別級で神永昭夫がオランダのアントン・ヘーシンクに敗れたのである。

「絶対に勝つ」

と信じていた柔道が白人に負けたのだ。「お家芸」とは、日本人としてのアイデンティティーそのものをいう。その柔道が負けたことで、南有馬少年柔道部の初代主将を務めることになった康夫は、冷水を浴びせられたようなショックを受け、しばらく柔道着に袖を通すことができなかった。

安藤組

オリンピックが終わって一ヶ月が過ぎた日のことだった。康夫は夕食のあと、いつものように宅配新聞の裏面に掲載されたテレビ欄を見ていた。これといって興味を引くような番組がなく、何気なくページをめくった。『安藤組の二人を殺傷　錦政会の三人が乗り込む』という大見出しが目に飛び込んできた。

安藤組という名称が記憶にあった。「花形」という芸能人のような名前の幹部が刺殺された組ということで頭の片隅にあったのだろう。記事を拾い読みすると十一月七日夜八時頃、縄張りをめぐる話し合いの最中に錦政会の人間が拳銃を発射し、安藤組の西原健吾という幹部が死亡、ひとりが重傷を負ったというものだった。康夫には何のことかよくわからなかったが、安藤組というのは東京の渋谷という街を縄張りにしているということだった。

「新聞ば熱心に読むなんて珍しかね。何が載っとーと」

「柔道の記事ばい」

と言って閉じた。ヤクザの記事や報道があると、母親の言うことは決まっていた。

それから二、三日して、学校からの帰途、高校を中退して不良をやっている中学の先輩に行き会った。地元の若いヤクザが一緒で、先輩は彼の〝パシリ〟をやっていた。

「兄貴、こいつは白倉といって、自分の後輩ばい」

と言って紹介すると、

「わいが白倉か。名前は聞いとー」

若いヤクザが鷹揚に笑ったので、先輩がカッコつけて言う。

「康夫、中学ば卒業したら高校なんか行かんで組へ入れや。——兄貴、こいつ、柔道もケンカもピカ一ばい」

「聞いとー。体育の若い先公ば、殴打したんやってな」

「あの先公、すぐ生徒ば殴打すけん、柔道場へ呼び出して俺と柔道ん対決ばしただけばい」

「土下座させたそうやなかか」

「向こうが勝手にしただけばい」

若いヤクザが上機嫌で笑ったので、康夫はふと思い立ってきいてみた。

「安藤組というんば知っとっと？　東京の渋谷の」

「ああ、安藤昇やな。横井英樹という実業家ば襲撃させた若か組長で、全国指名手配になって大騒動したけん、ヤクザはみんな知っとるばい」

「そこん組員が殺されたね。拳銃で撃たれて」

「ばってん安藤組長は前橋刑務所を出所したはずやけん、黙っとらんやろう。ドンパチが始まるぜ。——なしてそがんことば訊くとな？」

「新聞に出とったもんで」

安藤組に興味があったわけではないが、何となく気になっていたのだった。

若いヤクザは安藤組の報復を口にしたが、動きはなかった。

安藤は熱海にある知人の別荘で西原健吾の死を聞いた。出所してまだ二ヶ月足らずだった。下獄前に六十五キロあった体重が五十七キロにまで落ちていた。放免祝いだ何だと忙しく、一段落したところで静養のため滞在していた。夜、組幹部からの電話で、安藤はすぐさまクルマを飛ばし、豪雨のなかを青山の事務所にもどる。

トラブルの発端は事件の数日前、渋谷宇田川町のバー『どん底』で西原の若い衆が錦政会三本杉一家と斬った張ったの喧嘩になったことだった。安藤が熱海にいて耳に入らないうちに話をつけたほうがいいという判断で、青山のレストラン『外苑』で話し合うことになった。西原も、西原と兄弟分の矢島武信も自信があったのだろう。〝道具〟を持たないで臨んだところが、西原は四発が撃ち込まれて三発が命中、矢島は日本刀で後頭部から目尻にかけて斬り裂かれた。血の海で西原は相手を睨みすえたまま息絶えたことを、安藤は知らされる。ともに三十代はじめの若さだった。

一般客もいるレストランでの抗争事件とあってメディアは大きく報道した。警察と全国のヤクザが安藤組の動向を注視するなかで、西原健吾の葬儀が大田区蒲田の自宅でしめやかにおこなわれた。郷里・九州の小倉から駆けつけた母親が花で埋まった棺の遺体にすがり、我が子の顔を撫でながら号泣した。夫を早くに亡くし、女手一つで育てた子供だった。國學院大學に進学し、空手部で全国優勝した実力者で、学生時代、渋谷を仕切る安藤昇の颯爽とした姿にあこがれ、押しかけで組員になった。のち、安藤は亡くなるまで、「西原をいちばん可愛がった」と語っていた男だった。

このとき安藤は組の解散を決意する。

生前、安藤は当時の心境をこんなふうに語る。

「安藤組の看板をあげて十二年だけど、愚連隊時代から数えれば長い時代を俺は生き抜いてきた。義理だ面子だといって、血で血を洗う抗争の繰り返しだ。命を落とした若い者もいれば、懲役に行った者もたくさんいる。それは果たして何だったんだろうかってね。そんな思いにとらわれたんだ。

報復をどうするか、組員たちは俺の指示を待っていた。だけど、若い者にこれ以上、無益な血を流させるわけにはいかない。もういい──そう思ったんだ」

そして「俺がつくった組だ。俺の手で解散するさ」とつけ加えた。

この年の二月から、警視庁および各県警本部は第一次頂上作戦を全国で展開していた。ヤクザ組の解体を目的としてもので、資金源を断ち、トップや最高幹部の検挙を徹底的に行った。組員はこれからますますシノギが苦しくなる。苦しくなれば限られたパイを取り合って抗争が起き、第二、第三の西原を出す──安藤はそう考えたのだろう。

解散を決意し、西原の葬儀から二ヶ月後の十二月九日午後一時三十分、渋谷区代々木の区民会館で解散式が行われる。式典には、組員はじめ警察、近県の刑務所長、保護司など関係者三百人が集まったが、そのなかには住吉会・立川連合の顔である稲葉一利と小西保、落合一家六代目の高橋岩太郎、七代目の関谷耕蔵という錚々たるメンバーが若い衆をつれて出席していた。

安藤は、直筆毛筆の解散声明文を読み上げた。

安藤組が解散したことで康夫はガッカリした。お袋はヤクザを毛嫌いするが、康夫の気性からすれば、ヤクザは抗争に命を懸けるという一点において密かなヒーローだった。だから安藤昇という組長は何かやるだろう、やって欲しいという期待があり、解散の決断がどれほど勇気のいることか、中一の少年には思い至らないことだった。安藤昇がどんな男で、これまで何をやってきたのか康夫は知らない。顔も知らない。康夫の頭の中に安藤昇はもはやいなかった。

康夫は二年生に進学した。島田先生、そして溝田先生の指導のもと、主将として柔道に打ち込む日々が続く。地区大会で何度も優勝もして「南有馬中の白倉」は長崎県下でも注目を集めていた。副主将の宮原照彦はのちレスリングに転向し、モントリオール五輪で四位に入賞し、九州レスリング協会会長になる。白倉、宮原という二枚看板を掲げる南有馬中柔道部は強豪だった。後に長崎県警のレギュラーを長く務める植木公子郎は一学年下で、島田正綱は二学年下だった。

素行においても、康夫は一年生のときから他校のツッパリたちを原城跡に呼び出し、シメていたので、南島原で「白倉康夫」はアンタッチャブルとして聞こえていた。勉強はさしてしなかったが、それでも学年で十四、五番の成績を取っていた。学生の本分で落ちこぼれるのは、カッコ悪いという意識は、小学生のときからずっと持っていた。

中学二年の夏休みがあと二日で終わるという八月二十九日のことだった。街を歩いていて映画館の看板を何気なく見やった。彫りが深く、冷徹なイメージの若い男の顔が大写しになり、顔の端に『血と掟』という書き文字が被っている。この男が主役なのだろうが、初めて見る顔だった。同じ男がライフルを構えたカットがあり、ポスターの右隅に黒いスーツを着た丹波哲郎がいる。ヤクザ映画であることはすぐわかった。

（誰だ、主役のこの男？）

と思ってポスターの出演者に目をやる。筆頭に「安藤昇」とある。

（あの安藤昇？　まさか）

同姓同名だろうと思った。元ヤクザ組長が映画に主演するはずがないと思いながらも気になり、どんな映画なのか入り口にいる顔見知りの〝モギリ〟のオヤジに訊いてみると、

「こん映画は元安藤組――と言ってん、東京んヤクザやけん知らんて思うばってん、そこん組

長の自伝映画なんや。拳銃ばブッ放したり、ドスでめった斬りにしたり、ヤバカばい。やけん成人指定になっとって……」

康夫はみなまで聞いていなかった。

「観たかけん、入れてくれんね」

モギリは坊主頭がちょっと気になったようだが、夏休みとあって私服だし、康夫が大人びた顔をしているので、

「目立たんごと、後ろん端ん席に座るとぞ」

と周囲に目を配りながら早口で言った。

映画に興奮した。ストーリーは、終戦を迎えた安藤昇が特攻隊員として復員して渋谷に安藤組を創設。数々の抗争事件を経て、悪徳事業家に〝天誅〟を加えて下獄するが、子分たちが意味のない抗争で次々と若い命を落とすことに疑問を感じ、出所後、組解散を決断するまでを描いたものだった。

実物が主演している。二枚目で、垢抜けていて、それでいて眼光鋭く迫力がある。理屈抜きでカッコよかった。我が物顔で闊歩する戦勝国民を叩き切り、義憤から悪徳実業家に天誅を加える。

（あがん生き方ばしてみたい）

と康夫は震えるほどの感動を覚えたのだった。

自分の将来について康夫はあまり考えたことはなかったが、『血と掟』を観て東京の大学へ行きたいと思った。何をしていいのか、何ができるのかはわからなかったが、安藤昇がゼロから組を興して暴れ回ったように、東京には自分が活躍できる舞台があるような気がしたのだった。

第二章

凍凪（いてなぎ）

天誅は正義ではないのか

一九六七年三月、康夫は長崎県立口加高校を受験して合格した。同校は一九〇二年、私立口之津女子手芸学校を前身とする伝統校で、レベルが高く、東京大学へ進学する者もいる。九期上に、東大卒の衆議院議員で、防衛長官を二回経験し、防衛庁が省に昇格して初代防衛大臣となる久間章生がいた。あとで触れるが、敬天新聞を興してのち、康夫は久間代議士を攻めることになる。

四月六日、康夫は入学式を終えると、学校から自宅の最寄りである原城前のバス停まで二、三十分ほどをおんぼろバスに揺られて帰った。

「康っちゃん！」

他校に進学した中学時代の同級生三人が、康夫の到着を待ち構えていた。顔にケガをしている。康夫が険しい顔をした。

「誰にやられたんや」

「後輩たちに」

「なして？」

「煙草ば注意したところが……」

三人が学校帰りに原城跡に遊びに行くと、中三になった顔見知りの悪ガキたち十数人が集まって煙草を吸っていたので、注意したところが寄ってたかって殴られたというのだ。

「俺(おれ)ん名前ば出したか？」

「友達や言うたけど……」

「けど何や」

「白倉さんは卒業したけんもう関係なかって」

「関係なかやて！　こんくそガキ共が！　まだ原城におるとか」

「二の丸のところに……」

みなまで言わないうちに猛然と走り出していた。

康夫は煙草も酒も二十歳になるまで決して手を出さなかった。ガキ大将ではあったが、自分は不良ではないという自負があった。コソコソ隠れて吸うという後輩たちの根性が何より気に入らなかった。康夫が突進してくるのを見て悪ガキたちは飛び上がった。自分たちの天下になったと思っていたところが、とんでもないことになろうとしていた。

「こらッ！　煙草ば消せ！　全員整列！」

「は、はい！」

「先輩を殴打すっとは何事か！」

震え上がる悪ガキたちを片っ端からブン殴っていった。そして正座させると、懇々と説教をしたのだった。

夜になって、島田先生が康夫宅にやって来た。南有馬少年柔道部の指導者にして南有馬中学柔道部の監督であり、駐在所の警察官でもある。土間で母親の久子と何事か話をしていたので、康夫が立ち上がって居間から顔を出すと、

「康夫、何てことばしたと！」

久子が顔をこわばらせて言った。殴られた悪ガキの一部の親が口加高校に通報し、警察沙汰になろうとしていた。事件化すれば現職警官の島田先生の立場がなくなってしまう。ここは内々にすませようと思ったのだろう。

「康夫、おおごとになる前に俺と一緒に警察に行こう」

と言ったが、康夫は反発した。

「先生、中学生が煙草ば吸うなんて、とんでんなかやなかと。こがん後輩は口で言うただけじゃわからん。殴打してでも教えてやるのが先輩の務めやろう。俺のどこが悪かとですか？　俺は悪うなかです」

「どがん理由があろうと、暴力はいかん」

「じゃ、先生、どうすりゃよかと？　悪かことばしとる人間がおるとに、見て見んふりばせろと言うんですか？」

暴力が悪いということはわかっている。だが、中学生が煙草を吸うという悪事を、暴力という悪事でやめさせるのは悪事なのか。うまく言葉にはできないが、そんな思いが康夫にはあった。悪事をもって、より大きな悪事を糾弾するという考え方で、映画『血と掟』を観て確信に変わっていた。安藤昇は悪徳実業家を拳銃で弾くよう命じた。悪徳起業家が法律を逆手にとって私腹を肥やすことに対して、暴力という悪をもって天誅を加えた。これが正義ではないのか。康夫はそう言いたかったのだが、島田先生も久子も、康夫が居直っているように見えたのだろう。

「康夫！　先生と一緒に警察に行かんね！」

久子がたまらず怒鳴りつけ、康夫は島田に付き添われて口ノ津署に出頭した。

少年係りの刑事に説諭され、留置場に放り込まれた。並の高校生であれば大きなショックを受けるだろうが、康夫は違った。「俺は悪うなかじゃん、なしてこがん目に遭わんばならんのか」――激しく憤っていた。反省の色は見られず、口加高校は康夫を無期停学にした。入学初日に処分された生徒は開校以来、初めてのことだった。

説諭も叱責も、留置場へ入れたのも、反省をうながし、丸く収めるための処置だったことを康夫が理解するのは大人になってからのことで、島田先生から気持ちは離れていった。ほどなく島田先生は転勤し、以後、溝田先生が町役場に勤めながら南有馬少年柔道部の指導を続ける。木訥な溝田先生の人柄に康夫は惹かれ、終生の師と仰ぐことになる。溝田先生は二〇一三年九月二十一、二日の両日、東京の講道館で開催された「第2回アジアグランドマスターズオープン柔道大会」の形競技「講道館護身術の部」で、同町の川上寛之と組んで銀メダルの栄誉に輝くなど、地方の小都市にあって柔道一筋に歩んでいた。

人間を苦しめる元凶

無期停学は二週間で解け、康夫は復学した。入学式の日に停学になったのだから、復学というより「入学」のようなものだが、学校ではすでに〝有名人〟になっていた。迷わず柔道部に入部し、その日から最強の部員になった。中学時代に各大会で実績を残す康夫が強いことはもちろんとしても、口加高校は進学校で柔道部は弱かった。だから一年生の時からずっとレギュラーだったのである。

一九六〇年代は「黄金の六十年」と呼ばれることはすでに紹介したが、高度経済成長をひた走る日本社会は矛盾と混沌が一体となったルツボのようだった。康夫が高校に入学する前年の一九六六年六月、マッシュルームカットのビートルズが初来日。若者たちにビートルズ旋風が起こり、欧米のロックやR&Bを模したグループ・サウンズが大流行して横文字ミュージックが巷に氾濫する。

この年の暮れには三派全学連（マル学同中核派、社学同、社青同）が結成され、一九七〇年の安保改定を睨んで街頭武装闘争を掲げるなど左翼運動が激しさを増していく。そして、高度経済背長とモータリゼーションの急激な進展によって、スモッグのないのは正月だけとメディアが揶揄した。高校二年になった翌一九六八年五月、パリの「五月革命」に端を発した学生運動の波は、ミラノ、ベルリン、プラハ、バークレー、メキシコ、そして東京にまで及ぶことになる。

騒然とした時代であり、価値観が大きく揺らぐ時代は、やがてニューファミリーという言葉を生み、自由と個の尊重が叫ばれていく。こうした風潮にあって、おのれの信じる「正義感」をかたくなに貫く康夫は、堅物で特異な存在であったかもしれないが、政治的な思想とは無縁でいた。

強くなりたい、男は強くあるべきだ——といった生き方を目指していた康夫が衝撃を受けるのは、入学して二ヶ月後の六月に封切られた映画『あゝ同期の桜』（東映）だった。

この映画は海軍飛行予備学生十四期会編『あゝ同期の桜・帰らざる青春の手記』（毎日新聞社刊）を原作としたもので、太平洋戦争で日本が劣勢に立たされた昭和十九年、学徒出陣の第十四期飛行専修予備学生たちの群像を描く。敢闘精神一筋に鍛えられてゆく若者たちの日常を通して理想主義、戦争への抵抗、軍国主義、平和主義、そして妻子ある者の苦悩などを松方弘樹、千葉真一、佐久間良子、鶴田浩二、高倉健らが熱演し、観客に突きつけた。

祖国のために出陣して若い命を散らせた多くの学徒たちが、つい二十余年前にいたのだ。康夫は否応なく現実と対比してしまう。グループ・サウンズが軽佻浮薄に見えてくる。左翼運動に愛国心は一欠片もなく、亡国の輩にさえ見えてくる。「世の中はいまのままでいいのか」——そんな思いがこみ上げてきて、大義のために命を懸ける生き方に憧憬した。

康夫は何を指針にして生きていけばいいのかわからないまま、もやもやとした日々を振り払うように柔道の猛稽古に励むのだった。

人生の行く末を定めるのはこの年の十二月、本屋でふと目にした一冊——安藤昇が書いた自伝『激動血ぬられた半生』（双葉社刊）だった。昨年、映画で安藤昇を観た。半生をくわしく知りたいと思ったが、映画案内のチラシに書かれているくらいしかなかった。

康夫は一気に読んだ。特攻隊から復員して廃墟の東京で無頼と虚無の青春時代、戦勝国民と血の対決、不良グループを率いてヤクザとの抗争、そして東興行株式会社（安藤組）を創設し、三百人を超える組員をかかえ、渋谷に君臨……。映画で観たストーリーがくわしく臨場感を持って書かれていたが、康夫を引きつけたのは横井英樹襲撃事件だった。襲撃そのものもさることながら、下獄覚悟で「天誅を下す」という信念を貫いたことである。

事件の背景そのものは単純で、元侯爵が横井英樹（当時、東洋郵船社長）に三千万円を貸したが返済されないまま死去。未亡人が返済を求めて提訴したが、横井名義の財産は数万円しかなかった。一方で横井は新車のキャデラックを乗り回し、強羅、那須など数カ所に豪華な別荘、そして田園調布や青山など都内の一等地数か所に豪壮な邸宅を持っている。彼の持ち船である興安丸一隻をとってみても時価十数億円はすると言われている。

安藤は取り立ての委任状を持って面会すると、横井はソファにふんぞり返って言った。

「ことは合法的に処理されている。君たちの介入する余地は全然ないんだ。日本の法律って奴は、借りた方に便利に出来てるんだ。なんなら君たちにも金を借りて返さなくていい方法を教えてやってもいい、ハッハッハッ……」

安藤が啖呵を切る。

「てめえ、それでも人間か！　てめえがいくらゼニを持ってるか知らねえが、もう少し人間らしいことをしてみやがれ」

安藤は若い衆を走らせる。殺すのではなく、腕を撃って思い知らせてやるのだ。銃撃事件はセンセーショナルに報道された。安藤はあることないこと書き立てられ、頭にきて徹底抗戦を覚悟して逃亡し、全国指名手配となる。警視庁は捜査一、二、三課による大捜査陣を敷いて行方を追う。そして三十四日間の逃走で捜査陣の鼻ヅラを引きまわしたのち逮捕され、懲役八年を打たれて前橋刑務所に下獄。そして出所した翌日、西原健吾が銃撃されて若い命を落とす。棺の遺体に取りすがって嗚咽する母親……。それを見て組解散を決意する。

そのときの心情を、安藤はこう綴っている。

《血で血を洗う果てしない抗争、数年間体をかけて生き抜いた実態は果たして何であったのだろう？　言い知れぬ孤独感が私の胸をしめつけた。私は組の解散を決意した！》

康夫は本を静かに閉じた。銀行から厳しく返済を迫られ、母親が苦しんでいる姿が康夫の原風景にある。

法律で咎められなければ非人道的な行為も正当化されるという世の不条理こそ、人間を苦しめる元凶ではないのか。そんな思いが康夫にはあった。康夫のこの感性が、安藤昇の生き方に共振した。

学生運動は日増しに激化していた。武装した全共闘（全学共闘会議）運動は、康夫が高三になった一九六九年に入ると燎原の火のごとく全国に広がり、国公立大学や私立大学の大半が闘争・紛争状態という異常事態に陥った。街頭では投石や火炎瓶などによる闘争が繰り広げられ、学生たちは機動隊と激しくぶつかり、市街戦のようになっていた。

この様子をテレビニュースで観ながら、彼らは何を目指しているのか康夫にはよく理解できないでいた。親の脛をかじる大学生が時流に乗って鬱憤を晴らしているようにしか見えなかった。幼稚園時代、自分は朝早くから豆腐を売って歩いた。生きるとはそういうことであり、そこに甘さは微塵もないことを康夫は肌で知っていた。本気で自分たちの主張を訴えるなら、十人でも二十人でも座して腹を切れば政権は間違いなくひっくり返る。運動に命を懸けるとはそういうことではないのか、という思いがあった。

心酔

康夫はガキ大将が高校生になったようなものだ。入学から卒業まで思うように生きてきた。文化祭を前にした三年生の秋口のことだった。生徒会の副会長が責任者となって、各部活ごとに予算の配分を検討していた。そこへ康夫があらわれ、「うちんクラスに一万円くれや」と言ったのである。

「正当な理由のなかけん、そがんことはできん」

副会長が勇気を奮い起こして断った。

「ああ、そうか。わかった。ちょっと顔貸してくれ」

校庭の隅に連れ出すとブン殴ったのである。ひどい話だが、「俺(おい)にくれ」ではなく「クラスにくれ」というところが康夫らしかった。だが、康夫が口をきいてクラスに予算が取れなかったとなると、これは恥である。少なくとも康夫はそう感じた。だから殴ったのだが、誰が通報したのか、担任の池田親俊(ちかとし)先生からこっぴどく叱られることになる。

康夫は頭が上がらない人が二人いた。ひとりは柔道の師である溝田良英先生、もうひとりが担任で古典が専門の池田先生だった。池田先生は大村市で二千年の歴史を誇る昊天宮(こうてんぐう)の長男で、國學院大學大学院を出た人だ。自身は教職についたため、昊天宮は実弟が継ぎ、さらに「長崎くんち」で有名な諏訪神社の宮司も務めている。

池田先生はこうした家柄の出だけに右翼思想家だった。神道に則った道徳を説き、曲がったことは絶対に許さないため、生徒たちからも恐れられていたが、康夫が頭が上がらないのは恐いからではない。池田先生の人柄である。昊天宮はその昔、乃木希典陸軍大将が参拝に訪れており、乃木将軍について、よく話をした。

「強国ロシアば相手にした日露戦争で、天下分け目となる旅順攻防戦の指揮ば執ったのが乃木大将や。こん攻防で我が子二人ば戦死させるんだが、乃木はこう言うた。『よう戦死してくれた。これで世間に申し訳が立つ』。兵士ば戦死させて我が子が助かったんじゃ相済まんて思うたばい。乃木大将は出征前、夫人にこう言い残しとる。『父子三人が戦争に行くのだから、誰が先に死んでも棺桶が三つそろうまでは葬式は出さないように』と。そがん人やった。明治天皇がご崩御なさると、後ば慕うて、ご夫婦で殉死した」

そして乃木大将の辞世を口にする。

「神あがりあがりましぬる大君のみあとはるかにをろがみまつる」

「うつ志世を神去りまし丶大君乃みあと志たひて我はゆくなり」

こういう話に康夫は感銘を受け、それを語る池田先生に心酔するのだった。白倉がのち敬天新聞を創刊し、右翼活動にのめり込んでいくのは、安藤昇の行動力、そして池田先生の思想の影響を抜きにしては語れまい。

道徳にはうるさい先生だったが、ふところは広かった。どの先生も康夫を恐れ、クラスの担任の引き受け手がないなかで、池田先生が手を上げた。

「あん子は根は純粋なんや。やけんこそ生徒とも教師ともぶつかってしまう。おべんちゃらが言えんけん手が出てしまう」

と性格を見抜いていた。

以心伝心で、そのことが康夫にもわかっていたのだろう。よき理解者とあって、池田先生には頭が上がらなかったというわけである。

卒業後、帰省すると池田先生の家に必ず一晩泊まって酒を酌み交わす。康夫が刑務所に収監されるときも郷里まで挨拶に足を運んでいる。そのとき池田先生はこう言った。

「教え子が一万人いる中で、おまえは俺の傑作だ」

真意がわからず、康夫は曖昧に笑うばかりだった。

国士舘の校風に心躍る

大学進学は決めていたが、どこを受験するか。康夫は大学案内を検討してみて、国士舘大学が気に入った。柔道の強豪校であり知名度もあるが、何より「国士を養成する」という建学精神に惹かれた。国士とは憂国の士のことで、康夫の感性に合っていたのだろう。

池田先生に相談すると、

「国士舘はよかぞ。おまえに似合うとる。体育学部は教員免許ん取得が必須になっとるけん、ちょうどよか。おまえは教員になるとよかかもしれんな。うん、国士舘ん体育学部はよか。ちょっと荒っぽい大学だがな」

と付け加えたが、最後の一言は気にもとめなかった。

学生運動は激化の一途をたどり、東大安田講堂を占拠した全共闘と、これを排除する機動隊と衝突したのは康夫が高三になる年の一月のことで、東大入試は中止となる。そんな現実を目の当たりにし、左翼運動を嫌悪していた康夫にとって「国士養成」という国士舘の建学精神に魅力を感じたのだった。

学部は体育学部を選んだ。教員免許を取得して子供たちを教えるなら体育である。柔道部の指導もしてみたかった。試験は筆記と面接で、筆記試験を終えて面接に臨むと、

「尊敬する人物は誰ですか？」

試験官の質問に「安藤昇」と思わず言いかけたが、白倉の脳裏を池田先生の顔がよぎり、

「乃木大将です！」

と答えたところ、

「合格！」

試験官が叫んだので、これには康夫が驚いた。

国士舘大学が求める学生像の一つに「国士舘精神への共感」がある。「国士舘大学が掲げる建学の精神、教育理念・教育指針、教育研究上の目的に共感し、世のため、人のために尽くせる人材『国士』になろうとする意欲がある者」である。乃木大将を尊敬するという康夫はまさ

に国士を志向する若者であり、国士舘大学が求める人材であったのだろう。のち敬天新聞を創刊するに際して、康夫はみずからを「国士啓蒙家」とし、題字の下に毎号掲げることになる。

ちなみに国士舘大学は一九一七年創立された私塾「國士舘」を前身とし、一九五八年に設立された。現在は七学部十四学科、総合大学として一万三千人の学生が在籍し、各分野に人材を送り出す一方、オリンピック選手を数多く輩出するなどスポーツ分野に強い大学として知られている。

だが、康夫が入学した当時の国士舘大学の風評は決して芳しいものではなかった。新宿などの繁華街でヤクザと乱闘騒ぎを起こすなど、黒い蛇腹の制服は〝武闘派〟として独特のイメージと存在感があった。入学式では日の丸と旭日旗を掲げ、オープンカーで柴田徳次郎総長が入場。訓示のあと、式の終わりは「国士舘大学、バンザーイ！」の万歳三唱で締めくくられた。左翼運動の激化に伴い、軍国主義的な校風の国士舘に眉をひそめる人も少なくなかったが、康夫はむしろ心躍るものがあった。

体育学部は全寮制で、柔道、剣道、レスリング、相撲、空手道など武道系は世田谷区の松陰神社に隣接する松陰寮に入る。「松陰」は吉田松陰にちなんだもので、松陰は周知のとおり、幕末に松下村塾を開いて尊皇攘夷を説いた思想家だ。多くの門人を育てたが、自身は安政の大獄により獄中で刑死した。松陰寮という名前には、吉田松陰の思想を現代に受け継ぐという意味がこめられていた。

寮生活は四人一部屋。一年生から四年生まで各学年ひとりずつで構成されている。「四年神様、三年貴族、二年平民、一年奴隷」とはよく言ったもので、一年生は奴隷の苦しみを味わう。朝五時に起床、部屋から廊下、洗濯場、風呂、トイレまで掃除を行うのだが、上級生はすやすやと眠っている。ドタドタと音を出して目を醒まさせようものなら、屋上に呼びつけられて壮絶なヤキを入れられる。洗濯から買い物までまさに奴隷のごとく仕えるのである。

しかも康夫は無名の選手。名門・国士舘柔道部は約二百名の部員を有し、全国大会で名を馳せた逸材が集う。レギュラーを目指して頑張るといった状況にはなかった。「大学を間違ったか」――と後悔しそうなものだが、康夫はそうはならない。国士舘を選んだのは自分であり、自分が柔道において劣るのは事実であるからだ。〝奴隷〟であることも、それが伝統であり、その伝統をもって国士舘という組織が成り立っているなら黙って従うべきだと考える。〝神様〟だっていきなりなったわけじゃなく、〝奴隷〟の苦しみを経てステップアップしていったのだ。一年生が〝奴隷〟であるのは当然だと思っていた。

一年生に休日はなく、授業をさぼって安藤昇の映画を見に行った。安藤は一九六五年の初主演映画『血と掟』が大ヒットしたことで映画界が放っておかなかった。『やさぐれの掟』『逃亡と掟』『望郷と掟』『炎と掟』と〝掟シリーズ〟を立て続けにヒットさせ、康夫が国士舘に入学した一九七〇年までに二十四本の映画に主演。二枚目で、都会の垢抜けたセンスに本物の元ヤクザ組長の凄味が加わり、絶大な人気を博していた。安藤が仕切っていた渋谷の街を歩き、映画で観たシーンを思い描いたりもした。

(会ってみたい)

と渇望するほどに念じながらも、その機会はもちろんなかった。東映の大泉撮影所へ行ってみようかとも思ったが、田舎から上京したばかりで寮生活しか知らない康夫には、東京は右も左もわからなかった。

虎の威を借るキツネに容赦なし

康夫のようなタイプを「生きるのに不器用」というのかもしれない。気をきかしたり、忖度することが苦手だった。言葉を額面どおりに受け取ってしまうのだ。だからヤキばかりくっていた。

「白倉、いいか、柔道部以外の先輩は挨拶なんかしなくていいんだからな。米つきバッタみたいなことするんじゃねぇぞ」

一年生の〝指導係り〟である二年生が厳命した。「柔道部としてのプライドを持て」ということと同時に、「柔道部の先輩には絶対服従せよ」と逆説的に言っているのだ。

「押忍（オス）！」

と康夫は答え、そのときから柔道部以外の上級生は無視した。目が合っても知らん顔をするか、ギョロリした目で鋭く見返すかのどっちかだった。もともと康夫は、学年が上であるという理由だけでは先輩として立てたりしない性格である。男として尊敬できるかどうか。そこに価値基準があった。

そこへもってきて、柔道部以外の先輩には頭を下げるなと〝指導係り〟が言うので、それを実践したところが、早々にこれが問題になった。厳命した〝指導係り〟の同期生が寮に遊びに来たときのこと。康夫は当然、無視をした。これにその同期はカチンときた。

「何だ、あの野郎。俺に挨拶もしねぇじゃねぇか。おまえ、ちゃんとしつけてんのか」

と〝指導係り〟に文句を言ったのである。立場がなくなった〝指導係り〟は康夫を寮の屋上に呼び出した。

「てめぇ、俺の友達（ダチ）を舐めてんのか！」

激昂したが、康夫はキョトンとして、

「先輩ん言いつけどおりにしました。あん先輩は柔道部じゃなかですけん」

「口答えするのか！」

顔面を張り倒し。殴る蹴るのヤキを入れたのである。柔道部員の鉄拳と蹴りだから、たちまち唇が切れた。それでも先輩には絶対服従という伝統を是としている康夫は黙って耐えた。

「あんたが言ったとおりにしたんじゃないか」

という反論は上意下達の世界では通用しない。

「杓子定規に受け取るバカがどこにいる！」

と言われれば、それまでなのだ。

卒業後、ヤクザとつき合うようになって、これと同じような〝理屈〟をずいぶん目の当たりにすることになる。幹部に報告しないでいると、「そんな話、聞いてねぇぜ」と激怒する。ならばと報告すると、「いちいち言ってくるんじゃねぇよ」と不機嫌な顔をする。街宣をかけるようになってサラリーマン社会を覗くようになるのだが、カタギの会社でも上司は同じようなことを言って部下を責めていることを知り、康夫は柔道部時代のこのときのことを思い出すのだった。

だが、上意下達を認めはしても、〝虎の威を借るキツネ〟に対しては容赦しなかった。この激しい性格が康夫の人生を大きく変えることになるのだが、むろんそんなことは本人は考えもしないことだった。

体育学部の一年生にとって、授業時間は先輩の世話から解放される至福の〝うたた寝タイム〟だ。秋口に入った日のことだった。康夫は早めに教室に入り、最後部の端の席に座った。先輩の世話でさすがに疲れ、今日は授業中にゆっくり休むつもりだった。

ところが、

「そこは俺の席だ。どけよ」

と、球技系クラブの小森がイチャモンをつけてきた。

「わんの席？」

「そうだ」

「じゃ、席ば担いでどこへでも好きなところへ行けや」

「なんだと！　おう、てめぇ、前々から態度がでけぇんじゃねぇのか。猪俣先輩に言ってやろうか」

柔道部の四年生の名前を出した。四年生は〝神様〟である。小森が顎を突き出して、

「土下座して謝れ」

勝ち誇ったように薄ら笑いを浮かべて言った。

ひょろりとした小森は見るからにケンカが弱そうで、〝男の序列〟からすれば下っ端に位置するのだが、国士舘の看板でもある柔道部の四年生が後ろ盾となれば話は別だ。

康夫がゆっくりと立ち上がった。教室の誰もが土下座すると思った。康夫の腕が不意に動いた。

「ワーッ！」

小森が顔を両手で覆って尻から床に転がった。

「今度、俺にそがん口きいたら半殺しにするぞ！」

教室に緊張が走った。康夫のタンカにではない。四年生の名前を無視して暴力を振るったのだ。白倉はただではすむまい——みんながそう思ったのである。

その日の夜、稽古を終え、道場の掃除と後片付けをして寮へ帰ると、

「白倉、猪俣先輩がお呼びだ。屋上で待ってろ」

二年生が待ちかねたように告げた。顔が緊張で引きつっている。呼び出しの理由はわからないが、〝神様〟である四年生が一年生と直接コンタクトをとるのは異例のことである。怒る場合でも、まず三年生にその旨を伝え、三年生が忖度して二年生に指示し、二年生がヤキを入れるというのが体育会のシステムだ。まして直接呼び出すなど、よほどのことと推察された。

試練の始まり

康夫は覚悟して屋上で待った。要件はわかっている。やおらジャージを着た猪俣が巨体を揺

すりながらあらわれると、低い声で言った。

「小森が俺の名前を出したのに何で手を出した」

「押忍(オス)」

「押忍じゃ、わからんだろう」

「押忍」

「バカ野郎！　貴様は俺の顔を潰したんだぞ！」

殴りつけた。右拳で、左拳で、直立不動の白倉を一発、二発、三発、四発……、顔が腫れあがるほど殴って、

「わかったか！」

「押忍、すみません、気をつけます」

口の中が切れてうまく言葉にならなかったが、康夫は頭を下げた。猪俣にしてみれば、自分の名前を持ち出されて無視されたのだから怒るのは当然だろうと、康夫は思った。

だが、どうしてそこまで猪俣が怒るのだろうか。康夫はそれが不思議だった。疑問はすぐに解けた。二年生がこっそり教えてくれた。小森は猪俣先輩と同郷であるだけでなく、猪俣の母親は、小森の父親が社長を務める水産加工会社で働いていたのだった。猪俣にしてみれば、小森は母親が世話になっている社長のお坊っちゃまなのだ。後ろ盾になるのは当然で、まさか自

分の名前を承知で柔道部の一年生が手を出すことがあろうとは夢にも思わなかったに違いない。今後のことを考え、直々にヤキを入れてクギを刺したのである。

二年生の話を聞いて、康夫は猪俣先輩の気持ちはよくわかったが、だからといって小森の態度は許せるものではない。向こうがケンカを売っておきながら、負けると四年生に言いつけて復讐するなど、男の風上にもおけないという思いがあった。

翌朝、登校すると、顔を〝赤たん〟〝青たん〟にした康夫を見て小森がニヤニヤしたが、次のセリフで凍りついた。

「おまえのおかげでヤキが入った。もう一回、殴打してやる」

左右のフックを顔面に叩き込んだ。鼻血を吹き出し、教室の床に転がってのたうった。

その夜、再び猪俣先輩から屋上に呼び出された。

「この野郎、舐めやがって！」

昨夜は十発だったが、今度はその倍は殴られ、お釈迦さんのような頭になった。

「もう二度と手は出しません」

と謝りはしたが、翌朝、学校で小森と顔を会わせると頭に血が上ってくる。ブン殴れば、猪俣先輩のヤキ入れは昨夜の倍になる。

（こんなとき、安藤昇ならどうするだろうか）

と考える。

結論はハッキリしている。懲役覚悟で天誅を下した。損得を考えれば、そんなリスクを取る必要はまったくないにもかかわらず、実行した。横井は瀕死の重傷を負ったが、殺していたら、人生が終わるほどの長い長い懲役に行く。そう考えれば、康夫のとる道はひとつ。小森の前に立つと、いきなりブン殴ったのである。

これに小森は肝を潰した。康夫の険しい顔を見たとき、小森はビビりながらもまさか三度目はあるまいと思っていたところが、いきなり拳が口元にめり込み、前歯が飛んだ。小森は殴られながら恐怖に震え上がった。この白倉という男は猪俣先輩に二夜連続でヤキを入れられながらも執拗に狙ってくる。

(殺されるのではないか)

痛みより恐怖が先に立つのだった。

康夫は「虎の威を借るキツネ」を許せなかった。小学五年生のとき、担任の高森は山川良雄のことを康夫にくっつく「小判鮫」だと言って、授業中にクラス全員の前で嘲笑した。

これに康夫は憤然と反論した。

――小判鮫は、大きな魚にくっつくことで必死で生きとるやなかか。どこがいかんとか。

この思いはいまも変わらない。小判鮫の生きる知恵であって、どんな大型魚にくっつこうと小判鮫であることを隠さず、小判鮫のままでいる。良雄の身を守る智恵であり、これは許されると思っている。

だが「虎の威を借るキツネ」はそれとまったく違う。虎であると偽り、周囲を恐れさせることで好き勝手に振る舞う。いや、好き勝手に振る舞いたいがために虎の威を被るのだ。江戸時代初期、過酷な取り立てで島原一帯の農民を苦しめた松倉重正だってそうではないか。重正に力があるのではない。徳川家康に取り入り、江戸幕府という〝虎の威〟を借りて農民たちから年貢をむしり取ったに過ぎない。白倉家が莫大な借金を背負い、銀行の取り立てに苦しめられたのも同じだことだと康夫は思っている。銀行員は、銀行という〝虎の威〟を被って取り立てにくるからお袋は平身低頭したのである。

小森の歯を飛ばした夜、康夫は覚悟していたが、猪俣先輩から呼び出しがなかった。不思議に思っていると、鼻血で顔を赤く染めた同室の二年生が、よろけるようにして部屋に帰ってきた。

「白倉、頼むから問題を起こさないでくれ」

手で拝むようにして言った。猪俣は「指導がなっていない」として二年生にヤキを入れたのである。

康夫は当惑した。元凶は猪俣ではなく小森だ。シメるなら小森だが、小森をシメたら二年生にヤキが入る。こうなれば小森とサシで話し合うしかないだろう。

腹をくって学校へ行くと、小森の姿がなかった。午後、柔道部の稽古が始まる直前、猪俣先輩が青い顔をして駆け込んでくると、康夫を道場の隅に引っ張っていって早口で言った。

「小森が実家に帰った。学校を辞めると言っている。理由はハッキリ言わないらしい。俺のお袋が〝坊ちゃんの前歯が折れているが何かあったのか〟って電話してきた。このままでは、お袋が会社をクビになる。な、白倉、頼むから小森とはもうモメないでくれ。おまえが約束してくれるなら、俺から小森に電話してこっちに帰ってくるように説得するから」

他の部員の目があるので頭こそ下げなかったが、〝神様〟が〝奴隷〟にお願いをするのは国士舘柔道部において前代未聞であったろう。小森が前歯を折るまでの経緯を話せば、猪俣の不手際ということになる。国士舘に進学したとき、猪俣の母親は「うちの子がついているから大丈夫です」とでも言ったことは、小森の態度から康夫も推察できる。猪俣のヤキ入れが裏目に出たとなれば、なるほど母親の立場はまずいことになる。

「わかりました」

康夫は頭を下げ、小森は学校に帰ってくる。

こうして小森とのことは一件落着したが、康夫の試練はここから始まる。四年生に恥をかかせたということで、上級生からの目の敵にされるのだ。

ヤキ入れ

ヤキを入れるのに理由はない。

「挨拶の仕方が悪い」

「洗濯の手を抜いた」

「朝の掃除で大きな音を出した」

といった理由はまだいいほうで、

「目つきが気にいらない」

「名前が気に入らない」

と難クセをつけ、ボコボコにするのだ。

ヤキ入れは二年生の役目だが、康夫だけは三、四年生が直々に手を出した。太鼓のバチで数十発叩くのが通常のヤキ入れで、これに加えて鉄棒や木刀、竹刀でブン殴られた。柔道部員が渾身の力で殴るのだから鉄棒は曲がり、木刀は折れ、竹刀はたちまちバラバラになってしまう。凄惨なヤキ入れに生きているほうが不思議なほどだった。四年生が手を出しているのに三年生が黙って見ているわけにはいかない。むしろ積極的に暴力を振るった。

国士舘柔道部の名誉のために記しておけば、同部は監督やコーチの厳しい管理指導のもとで規律正しい選手生活を送っている。大学日本一はもちろん、全日本選手権、世界選手権、オリンピックを目指して日夜猛練習に明け暮れ、選手たちに下級生をいびっているヒマはない。だが二百人を超える部員がいて、選手になれず、寮という閉鎖的な空間で起居をともにする上級生のなかには歪な人間も当然いる。康夫のように、男として尊敬するところがなければ先輩として立てないという性格は憎悪の対象にすらなった。

そして、夏休みを目前にして康夫は重傷を負う。口のきき方が気に入らないという理由で壮絶なヤキを入れられ、病院に担ぎ込まれたのである。康夫は警察の事情聴取で知るのだが、上級生たちは、

「路上でケンカしたらしく、這って寮に帰ってきた。相手についてはわからない」

と説明していた。

康夫もヤキ入れであることは一言も口にせず、「見たこともない連中たちにカラまれてケンカした」と言った。先輩たちを庇ったわけではない。自分で選んで入学した国士舘であり、自分の意志で入部した柔道部だ。ヤキを入れられました、大けがをしましたとは、みっともなくて言えないというのが康夫の矜恃だった。

母親の久子が南島原から駆けつけた。病室のベッドでうなる康夫を見て察した。柔道部員の

誰ひとりとして見舞いに来ていない。一本気な康夫のことだ。先輩たちとの間で何かがあったのではないかと長兄が心配していたが、たぶんそうなのだろうと思うのだった。

二ヶ月入院して回復せず、両親は温泉治療がいいだろうということで、郷里の島原温泉病院へ転院を勧める。回復まで、この温泉病院で半年もの長きに渡って療養生活を送るほどの重傷だった。

南有馬少年柔道部の恩師である溝田良英先生、そして高三のときの担任だった池田親俊先生たちが何度もお見舞いに来てくれた。

「康夫、人生の休養ばい。おまえは小学校んときから全力疾走や。体が痛かろうけん、神様が休ませてくれとっとたい」

溝田先生は、何があったのか理由はいっさい問わず、そんな言い方をした。柔道の恩師であると同時に、兄貴のような存在だった。溝田には康夫の気持ちがわかっている。国士舘柔道部でレギュラーになるのは厳しいとしても、ここで揉まれることはその後の人生に大いに資すると考え、柔道部に入ることは反対はしなかった。

一方、教師として、右翼思想家として、日本の行く末を案ずるのは池田先生も同様だった。左翼思想の台頭、そして無節操な自由の謳歌、その延長線上に存在する自己中心的な価値観に対して、康夫は異を唱え、これを拒否する。その一本気な生き方こそ、これからの教師には必要なのだと期するものがあった。リベラルを旗印にする大学界にあって国士舘は異色の存在とされていたが、池田には国士舘の教育こそ日本には必要なのだと考えていた。

ところが、康夫は満身創痍で帰ってきた。

「大学はどうするんだ？」

池田がきいた。

「わからんです」

「そうか」

うなずいて、

「国士舘の水も、東京ん水も康夫にはあわんかったごたるばい。こっちへ帰ってきたらよか。地元のどこぞに勤めて、嫁さんもろうて、のんきに生きるんもよかやろう。まず、しっかり養生せーにゃんたい」

言い置いて帰っていった。本気で郷里へ帰ってくることを勧めたのか、康夫の反骨精神に火を点けようとしたのか池田の真意はわからないが、この一言が康夫を奮い立たすことになる。ヤキを入れられたからといって退部するのは、尻尾を巻いたことになる。

(安藤昇ならどうするだろうか？)

自問すれば答えは決まっていた。退部すれば周囲の目には逃げたように見える。そう見られたら、それは逃げたことと同じなのだ。烙印は一生ついてまわる。それだけは絶対に承服できないことだった。

(国士舘にもどる、柔道部にもどる)

康夫は決意する。

半年の入院中、康夫をいつも励ましてくれた若い看護婦さんがいた。この美人でやさしい看護婦さんがのち、溝田先生の奥さんになる。康夫を媒介とし、康夫の身をお互いが案じるうちに惹かれあっていったのだろう。康夫はいささか厳つすぎる「恋のキューピッド」となったのだった。

ワルを震え上がらせる

年を越し、新学期を前にした春休みの昼前のことだった。

「し、白倉!」

かつて康夫の〝指導係り〟で、新三年生になる先輩が玄関先で叫んだ。夜行列車で上京した康夫が、ボストンバッグ一つを手に松陰寮へ帰ってきたのである。

「押忍、元気になったけん帰ってきました」

「帰って来たと言ったたって、おまえ……」

「自分は柔道部の人間ですばい、ここ以外に帰るところはなかでしょもん」

「ちょっと待ってろ。いま先輩を呼んでくるから」

中に駆け込んで言った。

柔道部は騒然となった。復帰すればまたもめ事を起こす。新四年生たちが康夫を別室に呼んで言った。

「白倉、おまえは去年で退部になっている」

「退部？　理由はなんですか？」

「秩序を乱す者は退部だ」

「いつ俺が秩序を乱したですか？」

「何もかもだ」

この言い方に康夫はケツをまくった。

「人ば半殺しにしといてなに勝手なこと言うたい！　あんたらが柔道部の上級生ということでヤキば入れられてん辛抱してやったんや。俺が柔道部の人間じゃなか言うんなら、よかやろう。あんたらと対等や」

「なに言いやがる。とっとと出て行け！」

さすが柔道部の猛者たちである。康夫の啖呵など歯牙にもかけず、追い出したのだが、彼らは康夫を甘く見ていたことになる。康夫はその足で駅前の不動産屋に行くと、松陰寮のすぐ近くにあるアパートを借りた。四畳半に小さな流しがついて、部屋代は月六千円だった。春先とあって肌寒いにもかかわらず、柔道部員が登校する時間帯になると、康夫はパンツ一丁で上半身裸、手に包丁を持ってアパート前の路上にしゃがみこむと、眼(ガン)を飛ばすのである。銭湯に行くときもパンツ一丁で、松陰神社商店街を抜けていく。柔道部員たちは、そんな康夫が不気味だった。

「まさか包丁で刺すんじゃないだろうな」

「やるわけねぇだろ」

と笑っていた部員たちだったが、それが毎日となれば、

「あいつ、ヤバくねぇか」

「白倉のことだ。やりかねない」

「やつは頭がおかしいから気をつけろ」

ということになっていく。

康夫は刺す腹はくくっていたし、刺すこと自体はそう難しいことではない。やろうと思えばすぐにできる。だが、それでは下級生の逆恨みによる凶行として片づけられてしまい、自分は犯罪者で連中は被害者になる。田舎の親兄弟に迷惑がかかる。これでは復讐(オトシマエ)にはならない。

のちの敬天新聞の街宣活動と同じで、暴発は避け、執拗に攻撃し続けることで相手を震え上がらせるのだった。

しばらくすると、柔道部のワル連中は康夫の〝凶行〟を恐れ、登下校はアパートの前を避けて、わざわざ遠回りするようになっていく。上級生たちを震え上がらせる下級生など国士舘はじまって以来のこととしてたちまちウワサが広がり、「白倉康夫」という名前は学内外において一躍知れ渡るのである。

きれいごとでなく、康夫は柔道部に対して何の恨みも持っていなかった。敵対したのは上級生のワル連中であって、彼らを震え上がらせればそれでよかったのである。青雲の志をいだいて入部した柔道部だ。先輩との人間関係がうまくいっていれば、充実した四年間をまっとうしていたはずだ。体育学部は教員免許の取得が義務づけられているので、郷里で教鞭を執り、柔道の指導に汗を流していただろう。

後述するが、康夫と柔道部とはその後、良好な関係が続いている。二〇〇五年、康夫が南有馬町少年柔道部創立四十周年祝賀会を催すに際して、国士舘柔道部の後輩に当たる斉藤仁氏が南島原に駆けつけている。ロサンゼルス五輪およびソウル五輪の重量級金メダリストであり、国士舘大学体育学部教授、同大学柔道部監督、そして全日本代表監督である。

その斉藤氏が多忙な時間を割き、祝賀会に出席するのみならず、康夫の顔を立て、地元の少年たちに柔道の指導までするのだった。

斎藤氏を紹介してくれたのは、国士舘高校柔道部の川野一成監督（兼中学・高校校長）であった。国士舘大学の柔道が強豪として有名になったのは、川野監督が国士舘中学、高校を日本一に育て、その卒業生を大学に送り、大学が日本一になってからである。斎藤仁氏も、現在全日本の強化コーチをしている鈴木桂治氏も国士舘高校から大学に行って日本一になった人物である。当時は高校の練習は、大学道場の片隅でやっていた。大学の一年生と一緒によく乱取りをした。川野監督は、康夫が上級生によくヤキを貰っていたのを知っていて不憫に思っていたのか、何くれと康夫を可愛がった。康夫も川野監督に指名されて乱取りをすることが楽しかった。社会人になってからも、川野監督の所には折に触れ訪ねていたのである。

人生の分水嶺

当時の国士舘大学は世界で活躍するスポーツ選手から右翼、グレーゾーンで暗躍する学生まで多士済々であった。「白倉康夫」の名前が有名になるにつれて学内で新たな人脈が形成されていく。国士舘の武闘派集団である。

「白倉、警備の話があるんだが手伝わないか」

と、国士舘の斎川からもちかけられたのは復学した年の夏前のことだった。当時、高度経済成長の波に乗って高速道路やビルの建設ラッシュなど、警備の仕切りはヤクザやそれに連なるグレーゾーン集団にとって格好のシノギになっていた。

「よかばい。なんの警備な」

「いま中央高速をつくっているだろう？　深大寺付近の二キロほどの工事区間の警備を請け負うんだ」

と言った。

中央高速は現在、中央自動車道と呼ばれ、東京から甲府方面へ通じる高速道路で、深大寺は東京都の西部にある調布市の地名だった。

「で、この仕事は山岡さんからまわしてもらったんだ」

と、念のため斎川が経緯を説明しようとすると、

「山岡？」

初めて聞く名前に康夫が問い返すと、

「会ったことなかったっけ？　森田雅さんって知ってるだろ？　元安藤組大幹部の。そこの舎弟なんだ」

「安藤組の森田雅って、鹿島神流の使い手で、安藤組の斬り込み隊長と言われた、あの森田雅さんか？」

「そうだけど、どうかしたのか？」

まさかここで森田雅の名前が出てくるとは思いもしなかった。安藤昇はデビュー以後、たちまち人気絶頂の映画スターになったことで、彼と安藤組に関する記事が週刊誌などに載っており、康夫は目についた記事はすべて読んでいた。

（森田雅さんに会えれば、安藤昇について話が聞けるかもしれない）

そう思うと胸が弾んだ。


さっそく山岡に引き合わせるということで、翌日の午後、康夫は斎川に連れられ、新宿西口の京王プラザホテルへ出かけた。同ホテルはこの年——一九七一年六月五日に開業したばかりで、新宿の超高層ビル群の先駆けとして建設され、当時としては世界一の超高層ホテルだった。

康夫は〝特攻服〟に防弾チョッキ風のベストを着てのスタイル。ドアボーイが「いらっしゃいませ」と頭を下げはするが、ジロリとその後ろ姿を見送っている。

斎川のあとについて一階奥のティールームへ入っていく。奥の席にコワモテの男が二人座っていた。

「失礼します」

斎川が挨拶して、

「この男が国士舘の白倉です」

と二人に紹介してから、

「こちらが森田さん、こちらが山岡さん」

と言った。

（この人が森田雅！）

康夫は緊張する。丸っこい顔をした森田は焦げ茶のスラックスに白い半袖のポロシャツを着ていて、一見して不動産会社のオヤジのように見えるが、さすがに修羅場を潜ってきた眼光は鋭く、一瞥されると射すくめられるようだった。森田は抜刀・居合術「鹿島神流」の使い手で、安藤組時代、世田谷上町に『鍛心館道場』を開設。ここに若い衆を常時五十人ほど起居させ、安藤組の「斬り込み隊長」として暴れた。一本気で、直情径行タイプのところが二人は似ているからだろう。康夫は親近感を覚えていた。

「座れよ」

山岡にうながされ、

「失礼します！」

康夫のでかい声に周囲の席が驚き、いっせいに視線が注がれる。

「お兄ィちゃん、威勢がいいな」

森田が笑って、

「そのうち大井松田へ教練に来いよ」

と言った。

あとで斎川から聞いた話では、森田は神奈川県大井松田の広い敷地に住んでいて、任侠系右翼団体の若い隊員の心身を鍛えるべく、定期的に教練をやっているということだった。教練は厳しく、容赦なく木刀を打ち据える。翌一九七二年二月、連合赤軍による浅間山荘事件が起こるなど、当時、一部の左翼過激派は武闘路線を突き進んでおり、これに対抗すべく、森田の教練も熱を帯びていたのだろう。森田は右翼団体や警備会社の顧問をしているということだった。

山岡と斎川との間で警備について打ち合わせが続くが、康夫は先ほどから森田がズボンに締めているベルトのバックルが気になっていた、異様に大きいのだ。森田がそれに気づいて笑った。

「このバックルかい?」

引き抜いて、

「これで頭でも首筋でも引っぱたけば大ケガだ。相手は何人いてもいい。殺す心配がないから安心だろう?」

森田は自分で作ったのだと言った。森田雅ですら、万一を想定して自分の身を守る対処をしていることを知って、康夫は身が引き締まる思いだった。柔道部でヤキを入れられ、瀕死の重傷を負うこと自体、心構えが甘すぎた。もっとほかに方法があったはずだと反省するのだった。せっかくこうして森田に会えたのだ。安藤昇のことについていろいろ話を聞いてみたかったが、これが貫目の差というものだろう。初対面の森田に、そんなことはとても言い出せることではなかった。

警備を仕切るのは康夫と、四年後の一九七五年に暴走族の大連合体「関東連合」を結成する川辺洋次の二人ということになった。康夫が国士舘の学生たち、そして川辺が暴走族の中から二十代の若者を集めてガードマンたちを編成し、高速道路は無事、完成する。

これが実績として評価された。平塚競輪、小田原競輪、そして川口オートの警備依頼が次々とやってくる。平塚と小田原の両競輪場は、山岡の引き合わせで拓殖大学応援団の加藤と組んだ。仕事は警備会社の下請け――つまり、実働部隊を率いて現場の警備に当たるのだ。ギャンブル場にケンカやトラブルはつきものなので、腕力に自信のある人間でなければつとまらない。康夫が国士舘、加藤が拓大からそれぞれ猛者連中を集め、総勢十五名で警備に当たった。両競輪場のほか、康夫は川口オートの警備も仕切った。

面白いように金がもうかる。運転免許を取った康夫はすぐにでっかいアメ車を購入し、それを運転して国士舘に乗りつけると学生たちが羨望の眼差しでクルマを取り囲んだ。

「白倉康夫」の羽振りのよさは実力の裏打ちであり、国士舘でその名を知られていくのである。

もし康夫がお調子者で、柔道部の先輩たちとうまくやっていれば、ヤキを入れられることなく、順調な学生生活を送っていたはずだ。警備の仕事とはもちろん無縁で、郷里・島原で体育の教師をしていただろう。誰の人生にも永遠についてまわる「もしも」であった。

第三章

炎風（えんぷう）

「兄貴、国士舘の坊やです」

一九七九年春、安藤昇は五十四歳の誕生日を目前にして突然、映画俳優を引退する。五十本を超える作品に主演し、ヒットを飛ばしてきた。せっかく築いたスターの座を惜しげもなく放り出したことに世間は驚いた。俳優の五十代は円熟の境地に入っていく年齢とされ、これからである。だが安藤は組を解散後、たまたま懇願されて映画に主演したのがキッカケであったに過ぎず、俳優として生きていくつもりはない。映画関係者は引退を思いとどまるよう説得し、懇願もしたが、安藤はまったく聞く耳を持たなかった。

後年、引退の理由を聞かれて、つまらなさそうにこう語る。

「アホらしくなったんだ。ちょうど銀座のロケーションで、ピストルを撃つシーンがあってさ。リハーサルだから口で『バーン、バーン』と言わされた。銀座だから知り合いが一杯いるだろう。そんな奴らを前に、五十を超えたいい歳の大人がいくら録音のためとはいえ、これまで実弾を撃ってきた俺が『バーン、バーン』なんて恥ずかしくて言えないさ。それで何となく俳優はもういいな、ってね。そんな気になったんだ」

そして、こうつけ加える。

「安藤組は創設から十二年で解散した。俳優もデビューから十二年で辞めたことになる。それぞれ干支でひとまわりだ。意識したわけじゃないけど、それくらい経つと、俺は一つの世界にいることに厭きてくるのかもしれないな」

俳優を引退してからは映画の企画・プロデューサー、そして文筆業、頼まれるままビジネスのコーディネイトなどをして気儘に暮らすことになる。

このころ康夫は、安藤の兄弟分である新宿の加納貢のところに出入りしていた。警備の話をもってきてくれた山岡は森田雅の舎弟であったが、加納の下でも仕事をしていた。加納も森田も京王プラザのティールームを溜まり場としていたことから、康夫は山岡とここに顔を出しているうちに加納の知己を得ることになる。そういう意味で康夫は、「安藤組」の末席につらなっているという意識を持つようになっていく。

加納は安藤と同い年で、「愚連隊の帝王」とか「新宿(じゅく)の帝王」などと呼ばれていた。父は八千代銀行創業者で、生家は東京の初台一帯から新宿にかけての地主だった。

のち、康夫は安藤昇と親しく接するようになって気づくのだが、安藤も加納も人のことをとやかく言わない。ウワサ話もしない。口数も少なく、しゃべったとしてもセンテンスがとても短い。ネアカの森田雅であれば安藤について愉快に語ってくれるが、加納はそうはいかない。機嫌がいいときにひょいと話題を振るしかない。

その日、新聞の書籍広告に安藤昇著『東海の殺人拳』(徳間書店)が掲載されていたことが話題になり、

「安藤もいろいろ書くな」

加納がポツリと言ったので、

「会長と安藤さんは帝京商業時代の知り合いですよね」

と、康夫が水を向けた。

「うん。安藤が満州の奉天から転入してきて俺と殴り合いになったんだ。勝負がつかなくてな。それで意気投合して兄弟分になった」

「確か安藤さんのお父さんはエリートサラリーマンで、満州支社に出向されていたんでしたね」

「よく知ってるな」

「安藤さんの自伝小説を読んだもので」

康夫が笑って頭をかいた。

安藤は進学校として知られる旧制川崎中学に進んだが、もともと血の気が多く、やがて不良の道に入って退学。父親の赴任先である満州へ渡り、奉天第一中学に転入する。戦争激化のため帰国して京王商業に入るが三ヶ月で退学。「学校始まって以来のワル」と校長が嘆いたという。次いで智山中学に転入するも、ここでも事件を起こして多摩少年院へ。そして一念発起、少年院から出願して予科練乙第二一期予科飛行練習生に合格し、三重航空隊に入隊する。志願して、海底に潜んで敵船もろとも自爆する特攻要員になるが、終戦で復員して法政大学へ入る。愚連隊を率いて暴れ回り、二十八歳で安藤組（東興業）を設立する。――これが康夫の知る安藤像だった。

桜が散りかけたころのことだから、安藤が俳優を引退した直後のことだった。康夫が京王プラザのティールームに顔を出すと、加納と森田が二人の男と話し込んでいた。ひとりは背を向けていて、もうひとりが康夫の正面に座って足を組んでいる。白っぽいジャケットに黒いズボン、そしてサングラス……。

（安藤昇だ！）

康夫はその場に立ちつくした。

加納が顔を上げて康夫を見やった。隣のテーブルに顎をしゃくり、康夫が一礼して座ろうとすると、

「兄貴、国士舘の坊やですよ」

と森田が言い添えてくれた。口数の少ない加納とは対象的に森田はネアカということもあるが、康夫が安藤に心酔していることを知っているので、あえて紹介してくれたのだろうと康夫は思った。

安藤は何も言わなかった。かすかにうなずいてくれたように見えたが、康夫は緊張していて定かではない。サングラスをかけているため、自分を見てくれたのかどうかも実のところはわからなかった。

安藤と向かい会って座る男は初めて見る顔だった。三十代後半に見え、細面で痩せていたが、目の配り方から見て素っカタギではあるまいと康夫は思った。

「俳優やめたらヒマになっちまったよ」

安藤が言って四人は談笑をはじめた。康夫は安藤と口をきいたわけでも、自分の名前を名乗ったわけでもなかったが、いま隣のテーブルとはいえ「安藤昇」と同じ場に居合わせているのだという思いが気持ちを高ぶらせていた。森田、加納を通じ、安藤組の系譜に連なる者のひとりだと自認する康夫は、万一のアクシデントに備え、固い表情で周囲に目を光らせていた。

言葉の断片が康夫の耳に届く。「白木屋乗っ取り事件」「株主総会」「ヤクザ」「右翼」「万年東一」「力道山」……安藤昇が問われるまま昔の体験を話しているようだが、何の話をしているのか康夫にはわからなかった。

「一流企業だ何だと言っても、結局、力に屈服する。あんたもこれからが正念場だな」

安藤のそんな言葉を汐に、

「肝に命じておきます」

と男が言って腰を上げた。

日当五万円のボディガード

一九七二年七月、田中角栄が「日本列島改造論」をひっさげて第六十四代・内閣総理大臣に就任すると、インフラ整備にビルの建築ラッシュなどで警備業界も活況を呈し、康夫は我が世の春を満喫していた。つい三年前まで狭いアパートに暮らし、包丁片手に国士舘柔道部のワル先輩たちにガンを飛ばした日々がウソのようだった。服装こそ相変わらず特攻服に作業用ベスト、二十二歳の康夫は大型のアメ車を転がし、世田谷の3LDKのマンションに住み、夜になると仲間を引き連れて新宿のクラブを豪遊した。

だが、いいことはいつまでも続かない。当時の警備会社は玉石混淆であったことから、法の網がかかることになる。警備業法の制定がそれで、第一条に《この法律は、警備業について必要な規制を定め、もつて警備業務の実施の適正を図ることを目的とする》とあり、警備会社を運営するには都道府県公安委員会の認定が必要になったのである。

欠格要件――つまり警備業を営むことのできない要件が細かく規定されているのだが、たとえば《集団的に、又は常習的に暴力的不法行為その他の罪に当たる違法な行為で国家公安委員会規則で定めるものを行うおそれがあると認めるに足りる相当な理由がある者》といったことなどもあり、康夫たちが所属する〝警備会社〟が認定を得るのは、まず不可能だった。

当面はモグリでやれるとしても、仕事が先細っていくのは目に見えていたが、康夫はノンキに構えている。いまの警備の仕事にしても自分から探したわけではない。舞い込んできた話に乗っただけである。高校時代、右翼思想家で担任だった池田親俊先生が、康夫を評してこんなことを言った。

「人間には二つのタイプがあって、一つは〝こうしたい、こうありたい〟という目標を持ってそれに邁進するタイプ、もう一つは流れに身をまかせるタイプ。白倉、おまえは後者だな。運気に恵まれれば大化けもするし、その逆もある」

だから康夫は後悔することもなければ、有頂天になることもない。一喜一憂することがないのだ。

次の仕事も偶然という運気が運んできた。警備の仕事で声をかけてくれた斎川と新宿の喫茶店で会ったときのことだった。斎川に連れがあり、

「拓大ＯＢで、高田経営研究所の早見さんだ」

と紹介した。

斎川と同じく二十代なかばか。経営研究所とはお堅い仕事のようだが、斎川の友達であれば並の会社ではあるまい、細身で整った顔立ちをして一見おとなしそうに見えるが、

「早見さんは空手家で、海外で指導経験もある人なんだ」

と斎川が言った。なるほど拳ダコが盛りあがっていた。

「白倉さん、ボディガードに興味はないかな？」

早見が言った。

「ボディガード？」

「うん。話は斎川君から聞いている。相当な根性者だってね。うちの高田光司が株主総会に出席するときに付き添ってガードして欲しいんだ」

「日当五万円だぜ」

斎川が補足する。当時の五万円は大卒の初任給に相当する。

「やるばい」

康夫が二つ返事で引き受けたが、高田光司が何者であるか知らず、

「で、そん高田さんて人は何者と？」

知らないで引き受けたのか——という顔をして、早見は斎川に顔を向けた。

「高田光司さんは」

斎川がかいつまんで説明する。

高田光司は、小川薫とともにその名を実業界に轟かせる総会屋だった。総会屋とは、上場企業の株を購入し、株主として株主総会に乗り込むと会社の業績や経営方針などについて延々と質問を繰り返し、議事進行を妨害する。当時の株主総会はセレモニーのようなもので、せいぜい三十分程度。拍手シャンシャンで終わることから「シャンシャン総会」と呼ばれた。

ところが小川薫や高田浩司といった新興勢力は、

「異議あり！」

と、クレームやイチャモンをつけ、総会を終わらせない。小川薫が率いる一派は「広島グループ」と呼ばれ、

「おどれ！　わしの質問に答えんかい！」

壇上の議長席に座る社長に向かって広島弁で噛みつき、立ち往生させてしまう。総会が荒れ

れば企業イメージが悪くなると同時に、経営能力が問われる。社長はこれを嫌うため、事前に総会担当者が金品で懐柔することになる。小川や高田は狙った企業の株主総会が近づくと、質問状を送りつけ、

「総会を荒らすぞ！」

と言外に恫喝するのだ。

総会屋には二種類あり、会社側について「シャンシャン総会」になるようニラみを聞かせるのが「与党総会屋」で、「異議あり！」と噛みつくのが「野党総会屋」だ。与党になるには相応の力量がいるため大物総会屋が仕切り、新興の総会屋は野党となって噛みつくことで存在感を発揮し、懐柔してくるのを待つ。与党と野党が乱闘になることも珍しくなかった。

こうしてのし上がったのが当時、ともに三十代後半という男盛りの高田光司であり小川薫であった。「与党」の背後にはヤクザが絡むこともあり、常に身の危険にさらされている。高田光司が用心棒を欲しがったのは、そういう理由によるのだった。

早見は康夫に会った瞬間、

（この男は使える）

と確信していた。

人物と武闘の力量については斎川から聞いていたので問題はなかったが、ボディガードは抑

止力――すなわち、相手から見て「手を出すとヤバそう」と思わせる風貌、雰囲気が大事だ。「襲われました、撃退しました」では役不足で、襲われないこと、戦意を喪失させることをもって最良のガードとする。

早見は腕には自信がある。自分がそばについていれば高田に指一本触れさせない。だが、なまじ整った風貌をしているので、仕掛けてこられる危険が常につきまとっている。そういうことからすれば、この白倉という男の獰猛な顔つきと存在感はボディガードにうってつけだと確信したのだった。

新宿の喫茶店で別れたあと、早見は斎川に言ったものだ。

「白倉というのは一本気だな。愚直さがいい。高田さんも気に入るだろう。遠からず小川薫とはぶつかることになる。そのとき白倉が役に立ってくれるはずだ」

警備業をステップとして、康夫の人生は新たな方向に転がり始めた。

その夜、母親の久子から電話があった。康夫のことがやはり気がかりなのだろう。月に一、二度かけてきて「ちゃんと仕事ばしとーんな?」ときいた。康夫の返事はいつも「ちゃんとしとるばい」だったが、声の調子で本当のところはどうなのか、久子は推し量っているようだった。

次兄の忠夫が独立し、埼玉で内装の会社を始めたと久子が告げ、

「その、なんとか研究所もよかばってん、おまえもお兄いちゃんを手伝うたらよかとばってんねぇ」

と言ったのは、康夫が勤め先として口にした高田経営研究所が立派な名前だけに一抹の不安があったのだろう。何の仕事かよくはわからなかったが、康夫が経営を研究するタイプでないことは母親が誰より知っていた。真面目な次兄のもとで働いてくれれば何より安心だった。

「正月には帰るけん」

母親の気持ちがわかるだけに、康夫は毎回そう言って電話を切るのだが、考えてみれば心配のかけどおしだ。

（今年の暮れは帰ろうかな）

このときそう思った。

安藤昇伝説

早見と会って一週間後、京王プラザホテルの一階奥のティールームで、高田光司に引き合わされた。

（あっ！）

と康夫は驚いた。安藤昇が話をしていた相手ではないか。しかもこの同じ奥まった席で。たしかあのとき安藤が「白木屋乗っ取り事件」とか「株主総会」とか、そんな話をしていたことを思い出した。

「今年の春、ここでお目にかかりました。安藤昇さんがいらして、森田さん、加納さんがいらして、自分はこっちん席にひとりで座っとったです。覚えてらしゃらなかでしようばってん」

思いもかけない再会に康夫が驚いて言うと、

「覚えているよ。周囲を睨みつけておった」

うなずいてから、

「長崎弁、いいな。キミの雰囲気によく似合っている」

「小川薫の広島弁みたいに」

早見が笑った。

「うむ。ヤクザも総会屋も、西の言葉のほうが迫力があることは確かだな」

「ばってん」

と白倉が異を唱えた。

「安藤昇さんの映画ば全部観とるばってん、関東弁も迫力があるやなかですか」

「別格だ。歯切れのよさが違う」

高田が笑った。

仕事の内容は早見から聞いているとおりだった。与党と野党が乱闘になり、ヤクザが後見人になることでようやく手打ちになるなど、総会屋も命がけだった。高田クラスになると、株主総会によっては与党になったり野党になったりするが、いつ不測の事態に見舞われるかもしれない。ボディガードは身を守ると同時に、周囲への威圧でもあった。

康夫は当初、総会屋は企業を脅してメシを食っている人間くらいに思っていたが、高田の話を聞いているうちに、日本経済界の戦後裏面史であることを知り、スケールの大きさに目を見開かれる思いだった。高田は思いつくまま雑談のようにして話すが、康夫が引き込まれたのは、一九四九年から五四年にかけて起こった「白木屋乗っ取り事件」である。日本経営史上に残る経営紛争の一つとして知られるが、康夫が胸を躍らせたのは、この事件に安藤昇の名前が出てきたからだった。

「そのころ私はまだ十代だから、のちに安藤さんに聞いたんだけど」

と高田が前置きして話す。

一九四九年、日本橋にあったデパートの白木屋（のちの東急デパート日本橋店）に対して、当時、繊維関係の商社を経営していた横井英樹が乗っ取りを仕掛け、株の買い増しを開始する。

これに映画会社「日活」の堀久作社長が呼応するなど曲折をへて、五四年三月三十日、日本橋浜町の中央クラブで開かれた白木屋の第七十回株主総会で、白木屋経営陣と横井が激突する。白木屋サイド約七十万株に対して横井サイドは約二百万株。議決に持ち込めば横井が勝つ。そこで白木屋サイドは総会を荒らさせようとし、横井サイドはそうはさせじと、双方とも右翼、ヤクザ、総会屋を動員して対峙した。安藤は横井サイドにつき、衝突にそなえて組員を待機させる。

総会は荒れに荒れ、六時間が経った午後四時十五分になっても結論が出ず、あらためて四月二日十時に継続総会を開くことが決定されたものの、白木屋サイドが日本橋浜町中央クラブで、横井側が東京會舘で開催するという分裂総会となった。両者はそれぞれ株主総会の無効訴訟を起こすなど争いは続いた。最後は、財界人による斡旋などがあり、横井は翌年、株式を東急コンツェルン総帥・五島慶太に譲渡。これによって白木屋は昭和三十三年、東急コンツェルン傘下の東横百貨店と合併して落着する。そして、その東横百貨店（東急デパート日本橋店）は一九九九年一月、経営不振で閉鎖する。

話を聞いて康夫が首をかしげたのは、安藤が横井サイドについたことだった。

「安藤さんが、本当に横井に味方したんですか？」

康夫が念を押すようにきいた。康夫は諳んじているが、横井英樹を襲撃するのは一九五八年六月十一日だから、この株主総会の四年後のことになる。

「私もそれが不思議で、安藤さんに確かめたんだ。そしたら、こう言ったよ。〝万年さんに頼まれたから〟。それだけのことだって。安藤さんらしいね」

万年さんとは万年東一のことで、「不良の神様」と呼ばれた男だ。ヤクザ組織の用心棒に迎えられるほどの器量の持ち主で、安藤たち不良少年が新宿で遊んでいるころ、あこがれの存在だった。安藤の兄貴分だった小池光男が万年の舎弟だった関係で、安藤の親分筋に当たる存在だった。

その万年が横井サイドに立ったことから加勢することになる。安藤の言葉を借りれば、

「当時、大日本一誠会の会長をしていた万年（東一）さんが横井側についていて、その依頼で俺も横井に加勢することになった。それだけのことで、俺と横井がどうのこうのということではない」

「俺にしてみれば、白木屋と横井のどっちが正しいかは関係ない。万年さんから頼まれたから横井につく。それが筋だ」

ということになる。

この言葉に康夫は感動する。判断に際して正邪を天秤に掛ければ、損得が頭をもたげてくる。

「考える」ということが、実は判断を誤らせる元凶ではないのか。「万年さんから頼まれたから横井につく」——実にシンプルであり、男はこうでなければならないと康夫はあらためて自分に言い聞かせるのだった。

高田光司のボディガードを引き受けた以上、高田の行動や考え方が正しいかどうかはこのさい関係ない。高田の身辺はもちろん、名誉をも身体を張って守ってみせる。安藤の言葉に触発された康夫は腹をくくり、高田をガードして株主総会に臨むのだった。

康夫が高田のライバルである小川薫を実際に目にするのは、一部上場の某機械メーカーの株主総会だった。顔に少し赤みの差した血色のいい肌をして、射貫くような眼で相手を見据える。「あの広島弁を聞くと三日は眠れない」と大企業のトップたちを震え上がらせた小川は与党総会屋として株主総会を仕切り、ボディガードとしてプロレスラーのユセフ・トルコを連れていた。

一方の高田光司も日の出の勢いだった。成熟した現代社会であれば、両者が手を結んでWin-Winの関係を模索するのだろうが、当時の日本は活況を呈し、バブルに向けて全力疾走していた。総会屋もヤクザも、武将が覇権を争った戦国時代と同じで共存共栄はあり得ず、富の分捕り合戦だった。

相手を潰すか潰されるか二つに一つ。

（いずれ高田光司と小川薫はぶつかる）
康夫は冷静に二人を観ていた。

「男は太く短くたい」

十二月二十八日の御用納めで企業はいっせいに正月休みに入るため、総会屋もヒマになる。康夫は南島原に帰省した。東京にいるときは戦闘服や作業服などラフな格好をしていたが、このたびの帰省ではスーツを着た。大学は八年で卒業しなければならないため、康夫は春には自動的に退学になる。スーツ姿を見れば母親の久子も安心するだろうという配慮だった。

夕食のとき、高田経営研究所ではどんな仕事をしているのか母親に問われ、

「一流企業ばまわって、いろんな経営相談に乗っとるとよ」

と康夫が胸を張ったが、

「何ばしてんよかばってん、手が後ろに回るようなことだけはせんでくれんよね」

久子がクギをさすと、父親の卓治が昔そのままに手酌しながら、

「男は太く短くたい」

あいかわらず飄々とした口調でいった。

「康夫が小さかときから、そがんことばっかり言いよーけん、大学も卒業できん」

夫婦ゲンカは相変わらずのようだが、言葉の端々にいたわりがあると康夫は思った。白倉家の子供たちはそれぞれが自立していて、両親は安逸な日々を過ごしている。太く短く生きるつもりでいるし、親兄弟に迷惑をかけないつもりでいるが、手が後ろに回るかどうかとなると、いささか自信がなかった。

康夫が帰省していると聞いて、小学校のとき同級生だった山川良雄が連絡してきた。良雄も正月休みでこっちに帰ってきているということで、居酒屋で一杯やった。良雄は長崎市の私立中学に進んだので、会うのは十数年ぶりになる。良雄は九州大学を出て、大阪の都市銀行に勤めていた。康夫は何をしているのか問われ、

「総会屋たい」

ハッキリと言った。

銀行勤めの良雄は総会屋の恐さも汚さも百も承知している。

「そうなんだ」

曖昧に笑って、そのあと言葉が続かなかった。このとき康夫は社会の表と裏とでは、住む世界がまるっきり違うのだということを改めて思った。不意に父親の言葉が浮かんできた。小学校時代、ヤクザ事件のニュースを観ながら、

「ばってん、ヤクザも親分になったらたいしたもんじゃ。のう、康夫」

そう言った。

そのとおりだと思う。良雄が曖昧に笑ったのは、康夫が総会屋の末席に連なる人間に過ぎないと思っているからだ。高田光司や小川薫のようにマスコミにその名が登場し、大企業のトップたちが彼らの名前を耳にしただけで震え上がるような大物総会屋になれば世間の見る目は変わる。世間にも認めてもらわなくて結構だという反骨精神の一方、若者らしく将来に描く夢もあった。

正月明けに帰京すると、さっさく高田に独立したいと申し出た。高田は困惑する。自分のもとに来てまだ半年である。先輩の早見だってまだ独立に至っていない。だが「ダメだ」と言っても白倉のことだから辞めていって自分で看板を上げるだろう。ならば自分の手許において独立を認めてやったほうが得策だと考えた。

「いいだろう。うちのグループということでやってみろ」

機嫌よく認めてやった。康夫にしても数人の若い者をかかえてはいるが、野党として総会を荒れさせるには力不足であることは承知している。まず高田の下で力を蓄えるべきだと考えていたので、両者の思惑は一致した。

小さいながらも中央区築地に事務所を構え、白倉総合企画という看板を上げた。総会屋として一本立ちしたのである。

小川薫を襲え

当時、末端の総会屋たちは、多くの端株（一株とか二株）を取得して企業まわりをした。端株といえども株主であり、株主総会に出席する権利がある。総会で「異議あり！」とやられたのではたまったものではない。総会屋はそこにつけこんで事前に会社まわりをし、担当者から「賛助金」の名目でカネを受け取り、議事進行に協力するわけだ。決算期が近づくと総会屋の窓口である総務部に顔を出し、領収書にサインすれば賛助金がもらえた。

ただし、賛助金は総会屋によって異なる。その他大勢に見られるか、「この人間はうるさそうだ」と一目置かれるかで実入りはまったく変わってくる。康夫は総会時期より早めに総務部を訪れ、たとえば、

「お宅ん社長、足繁う銀座通いばしとーって話がウチに来とるばってん、社長ん交際費はどうなっとったい？」

一見して獰猛な顔つきの康夫が長崎弁でまくしたてるだけで十分に迫力があるが、それに加えて具体的な質問で攻める。狙いは返答ではなく、返答の仕方である。

「個別案件につきましては、外部の人にはお答えしないことになっておりますので」

やんわりといいなそうとすれば、

「外部とは何や！　俺（おれ）は株主だぞ。おまえは株主ば外部ん人間やと言うんか！」

「お、大きな声は出さないでください」

「大きい声は地声だ！」

こうやって会社をまわるだけで賛助金はすぐに二倍、三倍に跳ね上がる。さらに高田経営研究所クラスになると、企業や役員のスキャンダル情報が虚偽とりまぜて集まってくるので、今度はより具体的なネタで攻めていく。尻尾を振って頭を撫でてもらうか、吠えたり噛みついたりして一目置かれるか、ここがランクの分かれ目になるが、後ろ盾を持たない駆け出しの総会屋がそれをやると、与党総会屋から半殺しにされることもある。そういう意味でも、高田光司傘下にいることは若い康夫にとって大きくプラスした。白倉企画という組織を立ち上げたことで、康夫はボディガードから「防衛隊長」という立場になり、顔を売っていく。

順風満帆で三年が過ぎた一九七六年五月、事件が持ち上がる。ある企業のパーティで高田光司と小川薫が顔を合わせ、ちょっとした話のもつれから、

「このバーテン野郎！」

小川が満座の席で高田を罵倒したのである。

高田は総会屋として頭角をあらわす以前の若いころバーテンをしており、そのことを揶揄したのだった。

一説によれば小川は一九六三年、ギャンブルで勤めていた店のお金を使い込み、夜逃げして

上京。親戚の電器店で集金人をしていた時期があると言われる。「このバーテン野郎！」と言われたならば、

「なんだ、この使い込み野郎！」

そう言い返してもよかったのだ。

だが、小川にはユセフ・トルコたちがボディガードとしてついていたし、一方の高田は、たまたま康夫が同行していなかった。康夫がいれば大乱闘になっていただろう。高田は顔を怒りで真っ赤に染め、会場を憤然として出て行ったのだった。

その夜、高田から康夫に電話がかかる。

——小川薫に恥をかかされた。来月の三菱電機の株主総会で野郎を襲撃しろ。

「はい」

短く答えて電話を切った。安藤昇が白木屋の株主総会で万年東一の依頼を受け、一切の質問をしないで加勢を引き受けた。康夫はそれに習ったのだった。

小川は、なぜ高田を罵倒したのか。康夫は電話を切って考えた。話の行きがかりと高田は言ったが、本当にそうなのだろうか。小川は「小川企業広告研究所」を「小川企業」と改組し、総会屋の雄として君臨する一方、「ピンクレディー」の所属事務所のオーナーになるなど活動範囲は芸能界にまで及んでいる。小川にしてみれば、かつてライバル視された高田をあえてコ

ケにすることで権勢の誇示をアピールしたのかもしれない。高田にしてみれば、ここで引っ込んだのでは総会屋としては死に体になってしまう。乾坤一擲の勝負をかけるべく、「防衛隊長」の自分に託したのだろうと康夫は思った。

三菱電機は日本を代表するメーカーの一つだ。その株主総会を「与党」として仕切ることは権勢の象徴とも言えた。その晴れの舞台で小川を襲えと高田は言うのだ。向こうはユセフ・トルコなど屈強なボディガードたちがついてる。康夫にとっても正念場だった。

一躍、業界で名を売った

総会開始一時間前の午前九時、康夫は格闘技の経験者など屈強な〝防衛隊〟から十人を選抜して会場の三菱電機に入ると、目立たないようロビーに分散して小川グループの到着を待った。防衛隊は国士舘OBを中心とする猛者連中で、康夫は警備の仕事をはじめて以来、国士舘で隠然たる勢力を誇っていた。のち空手部のための専用道場の建設や、柔道部の選手集めなど陰で奔走することになる。柔道部でのヤキ入れが、結果として康夫と国士舘の関係を強固なものにしていたのだった。

康夫の神経は張り詰めていた。修羅場になる。相手は〝道具〟を忍ばせているかもしれない。緊張からノドの渇きをおぼえた。恐くないと言えばウソになる。だが、わけもなく恐いというのとは違う。それは先日、森田雅に会ってケンカの話を聞いたおかげだった。

その日、京王プラザホテルのいつものティールームで康夫は森田雅とお茶を飲んだ。安藤組時代の話を聞くのが楽しみであり、エピソードの一つひとつに男としてあるべき生き方があると康夫は思っている。

安藤組創設前の不良グループ時代、他組織とケンカになったときのことを森田は話してくれた。安藤と一緒に乗り込み、乱闘になるのだが、森田が垂木で相手の頭をブン殴ろうとして、垂木の先に打ち込んであるクギが目に映ったという。振り下ろせば相手は死ぬかもしれない。躊躇して腕が止まる。

「そしたら、それを見て兄貴が言ったよ。〝森田、だらしねぇな〟って。その一言がずっと心に突き刺さっていた。人を殺すのがそんなに恐いのか——そう言ったものと思いこんでいたんだけど、何年か経って、兄貴が言った意味はそうじゃないってことを知った」

安藤は、こう言ったのだ。

「突き刺さって死ぬかどうか、やってみなくちゃわからないだろう。わからないにもかかわらず、先回りして自分を抑える。臆病風に吹かれるってのは、こういうことを言うんじゃないのか」

そして「断崖から手を放って事後を待つ」という言葉を森田に言って聞かせたという。断崖絶壁にぶら下がった手を放せば落ちていく。間違いなく死ぬだろう。だが、本当に死ぬかどうかは手を放してみなければわからない。手を放すことができないのは「死ぬだろう」という思いに恐怖しているからに過ぎない。

「それに、手を放しても死なないとわかってりゃ、誰だって放すだろう？　結果がわからないことに勝負できるか。ここだな。兄貴に言われて目を見開かれたよ」

　そう言って森田は笑った。

　このとき康夫は「恐怖の正体」を知ったと思った。小川薫にオトシマエつけること自体は、恐いことでも何でもないにもかかわらず、余計なことを考え、気を揉むから不安にかられ、不安が恐怖を呼び起こす。勇気とは、恐れないことではなく、恐怖をどれだけ自分の意志で押さえ込めるか、その力のことを言うのだと康夫は受け取ったのだった。

　正面玄関がざわついた。小川薫たちが到着したのだ。警官隊が不測の事態に備えて警備するなかを、小川がボディガードのユセフ・トルコや空手家など武道軍団を引き連れ、周囲を睥睨（へいげい）しながら入ってくる。康夫が軍団に目配せして、入り口に向かって歩き出す。

　鉢合わせの形になった。

「おどれ、〝バーテン野郎〟のところの人間じゃろうが！　何しに来とるんなら！」

「挨拶に来た」

「なんじゃと！」

ボディガードたちが動こうとするより早く、康夫が踏み込んだ。小川の顔面に拳が叩き込まれた。小川が尻から床に吹っ飛ぶ。顔を覆った両手から鼻血が滴り落ちた。怒声が飛び、双方の軍団が入り乱れて乱闘がはじまった。

「キャーッ！」

一般株主や社員から悲鳴があがる。ホイッスルが断続的に鋭く鳴り、外で警備に当たっていた警官隊がなだれ込んでくる。株主総会は修羅場と化したのだった。康夫を含め、双方合わせて二十余名が逮捕された。小川薫はメンツを潰され、高田光司は名をあげることになる。

正月に帰省したとき、母親の久子から「手が後ろに回るようなことだけはせんでくれよね」とクギを刺されたことを、康夫は警視庁の留置場で思い浮かべた。さすがお袋の慧眼だと康夫は苦笑する。

(手が後ろにまわったばってん、一躍業界で自分は名ば売った。親父ん言うごと、男は太う短うだ)

これから総会屋として前途が拓けていくのだ。

いや、行くはずだった。

「自分はヤクザじゃなかばい」

天下の「大三菱」の株主総会で乱闘事件が起こったことで、財界はもはや看過できなくなった。これまで警察当局は、総会屋への金品の提供はヤクザ組織の資金源になるという理由から、総会屋と絶縁するよう強く要請していたが、財界の腰は重かった。株主に発言の権利がある以上、総会で糾弾され、立ち往生するのは自分たち企業のトップなのだ。警察の要請は理解してはいても、総会屋と手を切ろうとすれば、彼らは総力をあげて攻めてくる。自分が経営トップにいる間はそれは避けたいと考えるのは当然だろう。

企業は、聖人君子が経営しているわけではない。利害が錯綜するビジネス社会で勝ち残って行くには手を汚すこともある。法律、倫理、人格、そして企業の社会的責任など、非の打ちどころが一点もないというのであれば総会屋は攻めようがなく、したがって存在し得ない。総会屋は「反社」であることは論をまたないとしても、それが存することを逆説的に言うなら、企業体質にも問題があるということになる。

だが、三菱電機の乱闘事件によって、企業と総会屋の関係がメディアで厳しく批判されるようになった。警察当局はこれを追い風として、まず、日本経済の体制そのものである〝大三菱〟に牙をむいた高田グループをやり玉にあげ、

「彼らに金銭を渡してはならない」

と強い態度で臨んだのである。

こうして当局は一九八一年、念願の商法改正へとこぎ着け、総会屋に資金提供すれば利益供与罪となり、総会屋と企業の双方が摘発される。総会屋はいっきにその姿を消すことになる。そういう意味で、三菱電機の株主総会乱闘事件を引き起こした康夫は、結果として商法改正の機運を喚起したということになる。

康夫は懲役一年執行猶予三年の実刑判決を受ける。本来であれば〝勲章〟のはずだが、そうはならなかった。総会屋にとって危機的状況を招いたということで、高田一派はすべてのグループから排除されることになる。ここに高田の誤算があった。当局と総会屋社会から目の敵にされた高田経営研究所は壊滅するしかなく、康夫も総会屋ではメシが食えなくなった。思ってもみないことだった。白倉企画は解散するしかなく、世話になった加納貢に挨拶し、そして森田雅に連絡をとって、いつものように京王プラザで会った。

「白倉、男をあげたな。評判だぜ」

ネアカな森田が笑った。

「ばってんメシが食えんごてなったですよ。廃業です」

「もったいねぇな。右翼でもヤクザでも、やる気があるのならちゃんとした組織を紹介するけど」

「ありがとうございます。ばってんうちの兄貴が埼玉で内装関係ん会社ばやっとりますけん、そこで働こうと思うとるです」

「カタギになるのか」

「自分はヤクザじゃなかですよ」

「似たようなもんだ」

笑ってから、

「ま、人生いろいろだな。安藤だって、法政大学を中退して、ヤクザやって、俳優やって、それもいまはやめて映画のプロデューサーと物書きだもんな」

「多才なんですねー」

「絵も描くし、書もやるしな。多才だけど、感心するのは兄貴は何をやっても生き方が変わらねぇてことだ。そこがすげぇよ」

「どがんことですか？」

康夫が身を乗り出した。

「映画俳優になってすぐのことだけど、ちょいと引っかかりのある現役親分がやって来て、兄貴に借金を申し込んだんだ。カネを稼いでいると思ったんだろう。カタギになっているしさ。ちょいと強気で言えば貸すだろうとタカをくくったところが、兄貴はこう言って脅かしたんだ。

〝足は洗ったが、女になったわけじゃねぇぜ〟。野郎、痺れちまってよ。平謝りしたよ」

「足は洗ったが、女になったわけじゃない……」

「俺は難しいことは言えねぇけど、兄貴を見ていてつくづく思うのは、男ってのは〝根っこ〟が大事ってことじゃねぇのかな」

「根っこ？」

「ああ、根っこだ。桜の木だって、蕾のときもありゃ、満開のときもある。散ってしまえば葉っぱしか残らねぇ。だけど、根っこはずっと同じだろう？ カタギだろうとヤクザだろうと総会屋だろうと、男の値打ちは根っこで決まるんじゃねぇか。俺が偉そうなこと言える立場じゃねぇけどよ」

そして森田は、安藤の兄貴は役者になっても自分流の生き方を貫いたと、「五社協定」の話をした。

安藤がデビューした当時の映画界は五社協定というのがあった。日本の大手映画会社五社（松竹、東宝、大映、新東宝、東映。のちに日活が加わって六社協定になる）が、それぞれ専属の監督・俳優に対して引き抜きをしないという協定である。要するに〝縛り〟で、いまなら独占禁止法に引っかかるが、当時はこれがまかりとおり、協定に違反すると映画界で生きていけなくなるほど強い力があった。

安藤はデビュー作の縁で松竹の専属となり、一年に十一本に主演するというドル箱だったが、デビューから二年後の一九六七年、堂々と東映に移籍する。

森田が言う。

「兄貴に〝五社協定、ヤバくないですか〟って聞いたら、〝そんなこと知ったこっちゃねぇよ〟――この一言で終わり。兄貴らしいだろう？　カタギになってるんだから、松竹も勝負すりゃいいのに、貫目が違ったんだな」

あるいは一九七六年、唐十郎監督映画『仁侠外伝玄界灘』に主演したときは、撮影中に本物の拳銃をブッ放し、安藤は唐監督とともに小田原署に逮捕される。

「これも、兄貴が唐監督のことを気に入ってさ。話題にして映画をヒットさせてやろうとしてやったんだって言っていたよ。人気俳優になって、そんなヤバイことする男がいるかい？　兄貴らしいよな。結局、兄貴の生き方を見ていると、何だって平気で捨てられるってことだな。何かを守るために自分を抑えるということがない」

そんな話を安藤の口から直接聞いてみたいと、康夫は心底思った。総会屋をやっていけるのであれば、高田光司や森田雅、加納貢といった人たちを通じて安藤昇と会う機会もあるだろう。だが、自分は内装関係の仕事につく。安藤昇には一生、会うことはあるまい。そう思うと、総会屋の世界から身を引かざるを得なくなったことが恨めしくもあったが、どんな仕事につこうが、女になるわけじゃない。自分にそう言い聞かせた。その生き方がよかったか、悪かったか。たちまち結果が出ることになる。

泣くのはいつも弱者なのだ

警備、そして総会屋の世界でもまれてきた康夫は、工事を請け負うにさいして元請けと下請けの関係を熟知している。元請けはピンハネだけして二次下請けに丸投げする。大規模な工事になると、下請けがそれぞれピンハネして三次、四次、五次と順次下へおろしていく。理不尽だと憤れば「じゃ、結構」と言われればそれまでで、仕事にあぶれてメシが食えなくなる。下請けは泣く泣く仕事を受けるのだ。

その下請け仕事を、兄貴の下で始めてまもなくのことだった。

「康夫、大きな仕事がとれたぞ」

兄が笑顔で言った。埼玉県N市にT病院の建設をゼネコンのS建設が請け負うことになり、内装関係の元請けが一部上場のT熱学で、その下に二次、さらにその下にH内装工事が入り、白倉設備工事は四次下請けだった。エアコンやトイレ機材を仕入れ、それの取り付け工事を担当することになった。

「そがんと喜んでも、下の下の下請けやなかか」

康夫は言ったが、

「なんば言う。大手ん下請けは安心や。それに、これが縁でＴ熱学ん仕事がでけるごとなるかもしれん。実績が大事や」

そう言われれば康夫に返す言葉はなく、朝早くからＮ市の現場に出て仕事をした。内装工事の現場監督は三次下請けのＨ内装工事から年かさの男が来ていて偉そうに指示する。殴打してやろうかと思ったが、兄貴に迷惑がかかるので辛抱して仕事を完成させたところで、事件は起こった。

「康夫、Ｈ内装工事がドロンした！」

兄が血相を変えて言った。

康夫がすぐさま兄とＨ内装工事へ走ったが、事務所はもぬけの殻だった。

「兄貴、やられたばい。あいつらは下請けにカネば払わんつもりで計画的に逃げたんや」

「どうしよう」

「こがん場合は、上にケツば持って行くしかなか」

康夫はこうしたトラブルの処理は心得ている。工事代金はもちろんだが、エアコンやトイレなど機材の支払いは白倉内装がしなければならない。中小企業にとってたいへんな金額である。

康夫は相手の出方によっては〝迷惑料〟を取るつもりでいた。

さっそくＨ内装の上の会社――二次下請けに掛け合うと、

「Ｈ内装に払っているんだ。うちに言われても困る」

木で鼻をくくったような返事だった。何度も足を運んだが、「Ｈ内装と仕事をしたのであって、Ｈ内装がどこへ仕事をおろそうが与り知らぬこと」という一点張りだった。

兄貴は機材の支払いをかかえ、青い顔をしている。

「心配せんでんよか。俺が何とかするけん」

康夫が笑顔を見せた。

「本当か？　頼むぞ、康夫」

「大丈夫や」

「ただ」

「ただ、何か？」

「暴力事件だけは起こさんでくれよ」

「何ば言いよーっか。暴力はあいつらだ。あいつらんやり方こそ暴力やなかか。俺たちは殴打わされとっとぞ」

「そいばってん、康夫が俺ん会社んことで暴力事件ば起こしたら、お袋が近所に顔向けできんやなかか」

康夫としては「カタギの仕事に就いたからといって、女になったわけやなかぜ」――安藤昇のマネをしてみたかったが、そうもいくまい。

「わかった」

と言って、内装関係の元請けであるT熱学の神田事務所へ出向いた。

総会屋時代、毎日のように一部上場のエリートたちに会っているが、彼らは慇懃無礼で、しかし一筋縄ではいかない。契約書を康夫に見せると早口で詳細を説明してから、

「したがいまして、弊社には法的責任がありません」

と言った。「これ以上、押しかけてくると警察を呼ぶぞ」と脅しているのだった。

これが世の中なのだ。法律的に正しければ、道義的にどんなにあくどいことをしようともお咎めはいっさいない。泣くのはいつも弱者なのだ。だから連中と同じ〝土俵〟で戦ったのでは負ける。ならば自分の流儀で、しかも堂々たる正論をもって攻めていく。

康夫は席を立った。

自分の流儀で堂々と攻める

建設を請け負ったS建設に乗り込むことも康夫は考えた。高田グループの白倉企画時代なら間違いなくそうした。だが、いまは時代は逆風で、企業のほうが強い。ちょっとでも過激な言

葉を吐くだけで、警察は待ってましたとばかり逮捕りにくる。脅しは企業には通じないのだ。

どうするか、天井のシミを睨んで考える。総会屋をやめて稼ぎがなくなった康夫は、マンションを引き払い、アパート暮らしをしていた。結論は一つしかない。機材と工事代金が払ってもらえないなら、この仕事をなかったことにすればいいのだ。

翌朝、康夫はツルハシを軽四輪の荷台に積み、完成したばかりの病院に乗り込むや、トイレの便器を壊し始めたのである。

「な、何をするんですか！」

病院の職員が叫ぶ。

「怪しか者やなか。工事発注にミスがあったけん、S建設の指示で改良工事ばするばい」

すぐさまS建設の担当者がすっ飛んで来た。

「あっ、昨日の！」

契約書を見せて能書きを言った男だった。

「代金ばもろうとらんけん、こん工事、なかったことにする」

ガツンとツルハシを振るう。

「やめてください！　代金の件はなんとかします！」

「カネはいらん」

「そんなこと言わないで、これこのとおり、支払わせていただきます」

土下座したところで、

「そこまで言うんなら仕方がなか。代金はもろうてやるばい」

康夫が平然と言った。


三日後、康夫のアパートに神田署の刑事たちが踏み込んだ。恐喝未遂容疑で逮捕、連行されたのである。病院に乗り込んで破壊を始めたとき懸念がなかったわけではない。だが、罪に問われても器物損壊だろうと思っていたし、ゼネコンのＳ建設にしてみれば三次下請けの機材と工事代金くらいは屁でもないとわかっている。まさか恐喝でやってくるとは思いもしなかったが、逮捕理由である恐喝未遂容疑の「未遂」が気になった。

「なして恐喝未遂容疑なんか？」

取り調べの刑事にきくと、

「受け取ったカネは正当な報酬だからいいが、カネを払えと、直接契約をしてない会社を訪ねて行った行為が恐喝未遂にあたるんだ」

意味がよく飲み込めず、康夫は首をかしげるばかりだった。Ｓ建設クラスになるとヤクザ組織とのトラブルもよくあることなので、警察の天下りはもちろん、最強の顧問弁護士たちを雇っている。おそらく警察と相談の上、被害届を出したのだろう。

法的解釈や理屈はどうあれ、自分たちは一所懸命に仕事して、そのカネを受け取れないで困っているのだ。何度、交渉に足を運んでも相手にしてくれない。被害者じゃないか。最後の手段として、カネをくれないなら、やった工事をなかったことにしようとしただけだ。商品だって、買ってカネが払えなければ返却する。それと同じ理屈であるにもかかわらず自分は逮捕され、S建設も、T熱学も、その下の二次下請けもお咎めなしでいる。

（結局、弱いもんがやられるのか）

康夫は留置場で唇を噛むことになる。

間の悪いことに康夫は三菱電機襲撃事件で執行猶予の身だ。「二刑一入」で府中刑務所に二年二ヶ月入ることになる。初めての刑務所（ムショ）暮らしだった。

（俺（おい）のどこが悪かか！）

腹の中で康夫は叫んだ。

刑務所の不文律

府中刑務所は、法務省東京矯正管区に属する日本最大の刑務所である。収容人数は定員を超え、実質三千人以上と言われる。累犯がほとんどで、初犯で収容されるのは珍しく、ヤクザなど犯罪傾向の進んだ者だった。康夫が府中刑務所に決まったのは、三菱電機の総会襲撃事件により、犯罪傾向が進んでいると見られたからだろう。

　刑務所は全国どこも同じように思われているが、「収容分類級」によって細かく分かれている。ちなみに、初犯で「犯罪傾向の進んでいない者」は「Ａ級」、再犯者など「犯罪傾向の進んでいる者＝再犯者」は「Ｂ級」で、Ｂ級はヤクザが多い。

　さらにＢ級のなかでも執行刑十年以上が「Ｌ級」で、「ＬＢ」と言えば「犯罪傾向の進んでいる長期刑」が収容される刑務所のことを言う。受刑者を適切に分類することで、再犯の防止や矯正教育の効果の向上などが期待できるとして定められたものだ。府中刑務所に収容されるのは「Ｂ級」「ＬＢ級」が多く、あとは「Ｆ級（外国人受刑者）」「Ｍ級（精神障害者）」「Ｐ級（身体上の疾患または障害のある者）」となっている。康夫が府中刑務所に入れられたことは、わずか三、四年の活動とはいえ、総会屋として当局に評価されていたということになる。

「三菱電機の件がなかったら、そのまま総会屋の道を進んでいた」

　と康夫がのちに述懐するのも、前途にそれだけの自信を持っていたからだろう。森田雅が「惜しいな」と言った理由もそこにあったが、総会屋は廃業した。兄貴を手伝ってカタギの仕事についたものの、一本気にして直情径行の性格は直らず、行き着いた先が府中刑務所ということになる。

府中刑務所でもこの性格は変わらない。初犯の新入りのくせして態度が大きい。いや、態度が大きいのではなく、モミ手ができないのだ。些細なことで広域組織S会K一家のO組員とも め、康夫がブッ飛ばした。国士舘柔道部でそうだったように、康夫は無頓着なところがある。

「あの野郎が突っかかってきたからブン殴った。それだけのこと」——そういう割り切りだが、刑務所は刑務所の不文律がある。

同じS会でO組員とは一家違いのT幹部がいて、運動時間に康夫を呼んで言った。

「白倉、こういうところでは、任侠の人間は立場があるから、カタギのおまえがゴタゴタしちゃだめなんだ」

康夫をみどころがあると思ったのだろう。刑務所ではヤクザが一段上の立場であることを諭すように言ってから、

「俺が工場のトップにいるんで、このままにしておいたらしめしがつかねぇから、明日の朝礼のときにお前を一発殴ることにする。辛抱してくれよ」

「わかりました。そうしてください。自分、そういうことを知らなかったもので」

頭を下げた。相手が理と意を尽くして話せばそれに素直に従うのが康夫だった。

ところが、事はそう簡単にはいかなかったのだ。

翌日、朝礼のときに、

「ふざけるな！」

T幹部が康夫をブン殴った。

「すみませんでした」

白倉が謝る。

ここまでが筋書きどおりで、これにて一件落着のはずだったが、そうはならなかったのである。

T幹部がリーダーを務める工場にはS会の組員が十数人いた。彼らはT幹部と康夫とのあいだで話ができていることを当然ながら知らない。T幹部が手を出したものだから、「それ行け！」とばかり、康夫に襲いかかったのである。

これには康夫は驚いた。

T幹部も驚いたのだろう。

「待て！」

T幹部の声を康夫は耳にしたような気がするが、気がついたら応戦していた。工場の中で大乱闘である。多勢に無勢で康夫は袋叩きにされた。取り調べられ、康夫も、最初にケンカしたO組員も懲罰をくって独居房に入れられたのである。

懲罰が明けてから、康夫とO組員は別の工場にまわされるが、この工場に同じS会で名の知られたK幹部がいた。のちS会の重鎮にして武闘派として名を馳せるが、彼は国士舘OBだった。康夫とは年代が違うため学校で直接顔を合わせたことはないが、その名はもちろん知っていた。

K幹部はすでに五、六年ほどこの工場に務めていて、赤帽（班長／帽子に赤線）になって仕切っていた。

「おまえが白倉か」

と言ってうなずいた。K幹部は康夫の名前も、国士舘の後輩であることも、O組員との一件もすべて知っている。そして、後輩思いだった。

「この野郎、うちの後輩を殴りやがって」

なんとO組員をブン殴ったのである。K幹部は懲罰をくらって独居房、O組員は別の工場にすぐに配置換えになった。トラブルを起こした受刑者は配置換えになって元の工場にはもどらないものだが、K幹部は赤帽のままもどってきた。それだけ刑務所内で信用と人望があったということになる。

K幹部と知り合えたことは康夫にとって大きな財産となる。K幹部はやがて総長として自分の組を率いることになる。

府中刑務所で康夫が開眼したことがある。「恐怖」ということだ。以前、森田雅からケンカの話を聞いたとき、「勇気とは、恐れないことではなく、恐怖をどれだけ自分の意志で押さえ込めるか、その力のことを言うのだ」と康夫は受け取ったことがある。

それはそのとおりなのだが、刑務所で六十代の年配受刑者と同房になって、恐怖に対する考え方がさらに深化する。

男は頭が少しおかしいようで、

「玄界灘と有明海はつながっている」

と言い出した。

「つながってないよ」

康夫が笑うと、

「いや、つながっている」

とムキになるが、康夫も譲らない。

「俺は有明海で育っとーったい。玄界灘は五島列島んほうやけん、つながっとらん」

「海はみんなつながってるんだ！」

「そがんこと言うたら、玄界灘も有明海もアメリカとつながっとることになるやなかか」

すると同房の人間が康夫の袖をそっと引っ張り

「逆らうな。寝ているときに殺されるぞ」

とささやいたのである。

あとで聞いた話では、男は殺人罪で入っているのだが、殺した人間を解剖したということだった。

「あのな、キンタマを解剖すると白い筋の球になっていてな……」

そんな話をするのだ。

以後、康夫はこの受刑者には逆らわず、どんな荒唐無稽な話でも、

「そうだよね、そのとおりだね」

と話を合わせるようになる。

このとき考えたことは、恐怖の源泉は「あいつはヤバイ」にあるということだった。毒ヘビや猛獣が恐れられるのはなぜか。彼ら自身が「恐怖」という何かを持っているわけではなく、「噛みつかれたらヤバイ」「襲われたらヤバイ」——すなわち、ヤバイという自分の思いが恐怖を惹き起こすのだ。このことに気づいたこともまた、のちの康夫にとって大きな財産になるのだった。

秘書という名の用心棒

三十而立――孔子は、自身の生涯を振り返って「三十にして立つ」と言った。学問で自立できるようになったという孔子の自信の言葉であり、転じて「三十歳は、自分が進むべき道を定めて邁進する年齢」とする。康夫は三十歳を目前に府中刑務所を出所したが、三十にして立つどころか、これから何をして生きていくのか目算すらなかった。

加納貢、森田雅、そして高田光司たちに出所の挨拶にまわった。加納は新宿のあちこちの店の面倒を見ていたので用心棒を手伝わないかと言ってくれたし、森田も警備関係の仕事を世話してくれると言ってくれた。高田はバブル景気に乗って息を吹き返し、康夫を誘ってくれた。実兄が心配して一緒に働こうと言ってくれた。だが、自分がもどれば悪評が立って商売に響くことは目に見えているので、これは断った。康夫は新宿に六畳一間のアパートを借り、将来に目標のないまま、加納や森田、高田の仕事を手伝いながら、その日を生きていた。

経済的な意味で芽が出始めるのは、不動産屋の親父から顧問を頼まれたことだろう。バブル経済は狂乱の地価高騰を招き、土地売買には不動産屋、銀行、ヤクザ、詐欺師までが絡み、鉄火場のようになっていた。地上げをめぐって脅迫、暴行、いやがらせ、さらに発砲事件まで起こった。不動産屋も〝用心棒〟が必要で、一本気な性格で武闘派として実績のある康夫に、A不動産の大木社長が依頼してきたというわけだ。

そんなある日のことだった。康夫がＡ不動産に顔を出すと、

「白倉さんが住んでいるアパート、地上げできませんかね」

と、大木社長が待ちかねたようにもちかけてきた。

康夫が住んでいるアパートは、十坪足らずの廃屋のようなボロ家だが、靖国通りと新宿通りの間にあることから超一等地だった。この物件を大木社長が見つけたところ、何と顧問の白倉が住んでいるアパートだったというわけだ。不動産屋の用心棒をやっていながら土地取引など関心がなく、自分が住んでいるアパートの物件価値など考えたこともなかった。

「住んどるのは、定食屋と二階に俺を入れて三軒しかなかけん、カネやればすぐ出て行くんやなかと？」

「それが定食屋の親父が頑固なんですよ。絶対に立ち退かないって言うんですよ。うちの社員なんか水を撒かれちゃって」

「ああ、あん親父ねぇ。確かに頑固かもしれないな」

康夫は店主の顔を思い浮かべた。五十がらみか、小太りで、客の態度が気に入らなければ、「代金はいらねぇから、とっとと帰ってくれ！」と追い出すような男だった。

「で、白倉さん、定食屋を追いだしてくれたら一千万円差し上げます」

「一千万？　そんなにくれるの」

「もちろんです」

大木社長はモミ手しながら言った。


康夫はその足でアパートに帰ると、定食屋に顔を出した。

「おや、白倉さん、いらっしゃい」

「親父さん、ここば立ち退かん？」

いきなり言った。

「ハッ？」

「立ち退いてよ」

「何ですか藪から棒に。先日も不動産屋が来ましたけどね、私は絶対に立ち退きませんよ。先祖代々から引き継いだ土地ですから」

「あっ、そう」

康夫はあっさりしたもので、大木社長に電話して、

「出んって言うとるばい」

――すぐあきらめないで、ひとつ根気よくお願いしますよ。

大木社長は舌打ちこそしなかったが、地上げが簡単にいけば誰が一千万円も払うか、と思っ

たことだろう。

だが、康夫は淡泊だ。それっきり立ち退きの話は店主に言わなかった。のち敬天新聞を創刊して「国賊は討て」をスローガンに掲げて激しく活動するが、これは「義憤」という大義があればこそだ。立ち退きを迫ることに大義はないし、店主は「絶対に嫌だ」と言っている以上、自分の出る幕はないと考え、あっさりと手を引くのだった。

康夫の行動を一貫するのは大義である。たとえそれが「自分流の哲学」であっても、大義があると腹をくくればあきらめない。玉砕覚悟で勝負する。だが、大義がみいだせないとなれば見向きもしない。

府中刑務所でこんなことがあった。康夫が人形のモンチッチの作成作業に就いたときのことだ。キューピーのような原型の人形に糊を塗り、毛皮を被せるのだが、上手な人間は一日八時間の作業で四十~五十個つくる。ところが康夫はわずかに四個しかつくれない。

当初は担当官も、

「まあ、新人だからしょうがないよな。無理しなくていいから」

と言ってくれていたが、何日経っても一日に四個となれば、

「お前は何考えてるんだ。いい加減にしろ!」

怒鳴りつけることになるが、康夫は動じるふうもなく、相変わらず四個だった。

あるとき康夫が担当官の作業日誌をひょいと目にすると、康夫の寸評は「怠け者」と書かれていた。「一日に四個じゃ、そう思うだろうな」と納得する。作業が遅いのは、不器用でありながらも丁寧に人形をつくるからという理由もあるが、モンチッチをつくることに全力を傾注する意味も大義もみいだせなかったのである。「懲役」とは、罪人を刑務所内に拘置して労役に服させることを言い、懲役囚の刑罰であることに大義があるのだが、康夫にとってはそれは大義ではなかった。担当官は製作数に応じて横綱、大関、関脇、小結……といった番付表をつくって張り出し、囚人たちを競わせるだが、康夫の名前はいつも最下位に小さく書かれていた。康夫はそういう競争にもまったく関心がなく、一日四個を作り続けたのである。

だから立ち退きを一度打診したきり放っておいたところが、まさかの僥倖に見舞われる。「人間の運」とは何とも摩訶不思議なもので、どんなに努力しても成就しないこともあれば、運のほうから飛び込んでくることもある。

ある朝のことだった。トイレにしゃがんだあと、水を流そうとレバーを引いたところ、

「あッ、ヤバ！」

老朽化したアパートなのでパイプが詰まっていたらしく、大量の大便と一緒に水が逆流してきたのだ。トイレから廊下からは階段からザーザーと流れ落ち、階下で朝食をとっていた店主の部屋を襲ったのである。

これには店主も奥さんも飛び上がった。

「白倉さん！　ごめんなさい、すぐ出て行きますから！」

謝るために顔を出した康夫に叫ぶように言った。店主は、業を煮やした康夫が大量のクソをまき散らしたと勘違いしたのである。このまま居座っていたら何をされるかわからないと恐怖をいだいたのだった。

「あっ、そうなの」

康夫はキツネにつままれたような思いだった。

地価は日を追い、時間を追って高騰を続けていた。新宿のこの一帯は実勢価格で日本トップクラスになっていた。競争各社も多く、大木社長はあきらめかけていただけに小躍りし、札束をボストンバッグに詰めてそのまま康夫に差し出し、

「九千万円あります」

と言った。

（九千万！　何だ、この地上げってのは）

康夫は平静をよそおっていたが、内心では驚き、唸るのだった。


この九千万円をどう使うか。

康夫は商売をやろうと思った。店をやったり物を売ったりするのは面倒で性に合わない。考えた末、金貸しをやったらどうかと考えた。配下の国士舘ＯＢや若い者たちを使えば彼らの仕事にもなる。当時、悪徳街金やヤミ金が全盛で、トイチ（十日で一割の利息）、トサン（十日で三割の利息）が当たり前だったが、幼少のころ両親が借金で苦労している姿を見て育った康夫はそういうことができない。質屋の利息が九分だったので、切りのいいところで一割にすれば人助けにもなるし、商売としても成り立つ。

ここまで考えて、数万円単位で貸したのでは膨大な件数になって管理ができないことに気づいた。

（百万円単位なら九十人でいい）

そう思ったがすぐに、

（いや、それも面倒だな。一千万円にすれば九人に貸すだけでいい。いや、いっそのこと四千五百万円ずつ貸せば二人でいいじゃないか）

そして実行した。近所で顔見知りの内装店に融資を持ちかけると大喜びし、内装店の紹介で水道設備会社の社長に貸した。利息を二回持ってきたところで両人とも倒産（パンク）。所在不明になってしまったのである。小口融資はリスクヘッジになるということに思い到らず、九千万円の謝礼は数百万円を残し、ものの三ヶ月でなくなってしまったのである。

地団駄を踏むほどに悔しがるのが普通だが、康夫は恬淡としていた。思いもかけぬ大金が転がり込み、羽根が生えたようにしてどこかへ飛んで行ってしまった。笑うしかない。そう思うのだった。「武家の商法」という言葉があるが、康夫の場合、何と呼べばいいのか。そういう意味で、カネ勘定のできない人間だった。これといった仕事もなく、康夫は加納貢のそばにいて、店の用心棒などをすることになる。

名門アメフト部「日大フェニックス」

故事に言う『君子の交わりは、淡きこと水の如し』とは、「君子の交際は、水のように淡白であるが、その友情はいつまでも変わらない」という意味だ。すでに記したように、加納貢と安藤昇は同い年で不良少年のときからの兄弟分だが、飲食をともにして語り合うといったことは、まずなかった。少なくとも康夫は見たことがない。加納のそばにいれば、いずれ安藤昇に会う機会もあるだろうと心待ちにしていたが、そんな気配はまったくなかった。君子の交わりに似て、本当の意味で兄弟分とはそんなものなのかもしれない。

「紹介してください」

と頼めば会わせてくれるだろうと康夫は思う。森田に頼んでもいい。だが、会ってどうするというのか。いまの自分は何者でもない。これから何をするのでもない。その他大勢のファンの一人として会うのか？

「安藤組がいまもあれば組員にしてもらうんですがね」

とでも言うのか？

いまはまだ会うべきではないと思った。


秋口になって、加納から「ちょっと来てくれ」と呼び出しがあった。その日の午後、京王プラザのいつものティールームに顔を出すと、

「白倉、国士舘の権堂ってレスリング部ＯＢを知っているか？」

いきなり言った。

「いえ。何か」

「その野郎が、国士舘のＯＢをすべて押さえているって話なんだ。ひと声かけりゃ、一万人を動員できるんだってよ」

「まさか。ヨタ話ですよ」

「篠竹を知っているか？　日大フェニックスの」

「名前だけは」

篠竹幹夫は日本大学の名門アメフト部「日大フェニックス」の監督である。日大フェニック

スは後年――二〇一八年五月、対関西学院大学ファイターズとの試合で〝悪質タックル〟が社会問題として世間の耳目を集めることになるが、篠竹は二〇〇三年に定年退職するまで四十四年間、同チームを率いてきた。「犠牲、協同、闘争」を理念とし、スパルタ指導、鉄拳制裁、寮での共同生活で常勝軍団に育て上げ、十七度の学生王座に就く。日本大学文理学部教授でもあり、まさに「日大の顔」であった。

「実は、篠竹が力を貸してくれと言ってきてるんだ」

と、加納が話しはじめた。

日大フェニックスの部員の父親と、篠竹監督が練習グラウンドで雑談していたときのことだ。腕力の話になって、

「俺は相撲とったら輪島に負けないんだ」

と篠竹が言った。

輪島は日大相撲部出身。一九七三年五月、初土俵からわずか三年半で横綱になった実力派で、左の下手投げを得意とし、黄金のマワシに引っかけて「黄金の左」と呼ばれた。輪島にしてみれば、篠竹が日大の先輩であり、「日大の顔」として学内で大きな力を持っていることから、「先生には勝てませんよ」とリップサービスをしているのだが、篠竹は言葉の裏を読んだり忖度する人間ではなく、ストレートに受け取ってしまう。だから当人は誇張でも何でもなく、

「輪島には負けない」と言ったのだ。

「そうですか」

と、その父親が聞き流せば何も問題はないのだが、こう言ったというのだ。

「篠竹先生がいくら強いと言っても、私の弟には勝てないですよ。弟は国士舘レスリング部で元オリンピック選手ですから。それで自衛隊に入ったんです」

「そんなことはない、俺は負けない」

「いやいや、弟のほうが強い」

口論になったという。

あとで康夫は知るのだが、篠竹は国士舘レスリング部を快く思っていなかったのだ。

ある夏のことだった。千葉県木更津市で行われた海水浴実習で、毎年日大文理学部体育学科と国士舘体育学部の宿泊先が隣同士になるのである。日大の先生は元オリンピック選手などがいて、国士舘の先生達は顔を合わせると頭を下げて挨拶する。文理学部教授である篠竹も引率して来ている。しかも「日大の顔」である。国士舘の先生達が自分に挨拶するなかで、ひとりだけ頭を下げない先生がいた。のち、一九七六年のモントリオール五輪で金メダルに輝く国士舘レスリング部の伊達治一郎である。これが篠竹には気に入らず、国士舘レスリング部をこころよく思わなくなるのだ。

篠竹が傲慢というよりも、体育系の人間として他校の指導者に対して敬意を払うべきという考えがあり、一方の伊達にしてみれば、敬意を払うこととペコペコ頭を下げることとは同じではないという矜持があったのだろう。

国士舘レスリング部に対してそんな感情を抱いているのに、この父親は「弟は国士舘レスリング部で元オリンピック選手」「篠竹先生は勝てない」と言ったものだからトラブルになっているということだった。

加納がかいつまんで説明してから、

「で、その父親——権堂とかいう男が国士舘ＯＢを動員して自分を襲ってくると篠竹は言うんだ。おまえ、国士舘ならすぐ話がつくだろう。篠竹を呼ぶから話をきいてやってくれ」

と告げた。

これが康夫と篠竹監督の出会いになる。

人生が変わっていく

翌日、午後——。京王プラザで、康夫は加納と一緒に篠竹監督に会った。堂々たる体軀で、「旬の男」とはこういう人間を言うのだろう。全身からオーラを発していた。輪島に勝つことはないにしても、そこそこの相撲は取るだろう。ギョロリとした目だな——というのが康夫の第一印象だった。

だが、話しているうちに、篠竹監督には妄想的な部分があるのではないか、と思った。「国士舘ＯＢが何百、何千人と攻めてくるかもしれない」

「ヤツの弟は自衛隊だから、機関銃や戦車で攻めてくるかもしれない」

そんなことまで口にするのだ。

（まさか）

と康夫は驚きながらも、勝負師は万に一つの不覚もないようあらゆる想定をして対処するというが、篠竹監督もそうなのかもしれないと思った。自分たちからすれば妄想に過ぎないことでも、篠竹監督にしてみれば「可能性の一つ」として排除できないのだろう。

「とにかく白倉、その権堂とかいう男に会って話をつけてこい」

加納が言った。

その日のうちに権堂に連絡を取った。「国士舘の白倉康夫」と名乗り、翌日の午後一時、京王プラザに呼び出した。四十半ばか。体格もよく、いかつい顔をしている。加納会長の手前、ヘタを打つわけにはいかない。話によっては懲役を覚悟して臨んだ。

「お宅、篠竹監督と事ば構える気なんか」

「はっ？」

目をむいた。

「お宅ん弟は国士舘んレスリング部だって?」

「そうですが」

「篠竹監督より弟んほうが強かって能書き言うたげなやなかか。アメフトの練習グラウンドで」

「グラウンド? ああ、あのとき……。いえ、そうじゃなくて、柔道とレスリングの話をしたんですよ。柔道着を着たら柔道が強いけど、裸ならレスリングが強いって。私が篠竹監督に楯突くわけないでしょう。息子がフェニックスでお世話になっているんですよ」

言われてみればそのとおりだ。息子が世話になっている監督にケンカを売るというのは考えられない。篠竹監督の勘違いだろう。いや、国士舘レスリング部に対する嫌悪感から妄想が妄想を生んだのかもしれない。この父親の否定の仕方から見て、そうに違いないと確信したが、話をつけておかなければ子供の使いになってしまう。

「話はわかった。ばってん、篠竹監督が新宿の加納会長んところに相談に行って話が大きゅうなってしもうとる。じゃけん俺(うち)がこうしてお宅に会いに来たとです。悪かばってん、今後、グラウンドに出入りせんでくれんですか。これ以上、トラブルになったら何が起きるかわからんですけん」

「承知しました」

父親はすぐに納得して頭をさげ、一件落着した。

康夫の人生が変わるのは、このときからだった。一万人の国士舘ＯＢを動員して攻めてくると思い込んでいただけに、

「あいつに話をつけてきたのか！」

篠竹が大感激して、

「ぜひ、俺のそばについてくれ」

右腕として康夫をスカウトしたのである。

篠竹監督は鉄拳制裁のカリスマであったが、情に篤く、フェニックスＯＢたちは「オヤジ」と呼んで敬愛する。生涯独身を貫いた篠竹は寮で選手たちと起居し、一緒に風呂に入る。口癖は「侍（さむらい）たれ」で、「思い切ってやれ、全責任は俺が取る」と公私に渡って選手たちを護った。面倒見がよく、文理学部に絶大な力をもっていたことから、康夫は同学部の食堂経営の一端に携わらせてもらった。またアメフト部は毎年十人ほどの推薦枠を持っており、これにも康夫は文字どおり右腕――「私設秘書」として深く関わっていくのだった。

著名人は「社会的信用」の代名詞である。篠竹幹夫は日大フェニックスのカリスマであり、

日大教授とあってメディアに数多く露出している。その篠竹が全幅の信頼を置く右腕となれば世間の評価はまるっきり違ってくる。政治家、企業経営者、弁護士、スポーツ選手、芸能人……など、これまでの康夫であれば敬遠されたはずの人達がつき合ってくれる。「白倉康夫」はこれまでと何ら変わらないにもかかわらず、「篠竹監督の秘書」というだけで信用し、一目置いてくれる。このことに康夫は世の中のカラクリと実相を見る思いがした。

人間も組織も「イメージ勝負」と言えば軽く聞こえるが、こうありたいというイメージを描き、それを貫き、世間に認知させるには、自己を厳しく律する不断の努力がいる。世間の評価を得るというのは、口で言うほど簡単ではないことを康夫は悟るのだった。

カネまわりもよくなった。毎夜のように若い連中をつれて新宿歌舞伎町を飲み歩いた。お気に入りの店は東宝会館七階にあるグランドキャバレー、クラブハイツだった。日本最大級の大バコの店で、円形のホールにボックスが六百席が並び、ホステスは百人を超えた。中央のステージで生バンドが演奏し、ホステスとダンスを楽しむ。大人の社交場であった。

毎夜のように通うのだから、一ヶ月に使う金額は康夫がナンバー1で、散財はするがホステスを口説くわけでも、無理を言うわけでもない。しかも三十代の前半と若い。青年実業家にはもちろん見えない。ヤクザのようでもあるが、それにしては泥臭い雰囲気である。同クラブの社長も気になるのだろう。ある夜、白倉が店に顔を出すと挨拶に来て、職業を婉曲に訊いた。

「俺は日大に関係しとると」

「日大ですか」

社長が声を弾ませ、

「私はＯＢですよ。お客さんも日大？」

「いや、自分は国士舘ですよ。日大アメフト部の篠竹監督の秘書ばやっとります」

「篠竹！　私は同級生ですよ！」

これで二人の距離は一気に縮まり、

「じゃ、今度連れて来ますよ」

康夫が言うと、

「篠竹監督は酒は飲まないし、こういうところは大嫌いだから絶対に来ないんですよ。あの人が行くのはシャンソンの静かな店だけです」

そんなことも知らないのか——といった顔をした。秘書であると言ったことを疑っているようだ。

二日後の夜、康夫は篠竹監督を連れてクラブハイツに現れる。

「し、篠竹！」

社長が驚く。

「白倉が行こうというから」

篠竹が言った。

感激した社長は康夫を見直す。ここまで篠竹に信用され、しかも顔を立てるということは、一介の秘書ではないことを悟ったのだろう。クラブハイツは毎週金曜夜、有名歌手がゲスト出演していたが、歌い終わると社長は白倉のボックスに案内するようになる。こうして康夫は、芸能界に人脈を持つようになっていく。

小川薫を襲撃しなければ、S建設に乗り込まないで実兄の内装工事店で地道に働いていれば、地上げで転がり込んできた九千万円をうまく運用していれば、人生はまるっきり違ったものになっていただろう。よくも悪くも人生は出会いと人間関係によって変わっていく。「もしも」という石段に足をかけ、一段ずつ登っていった先にいったい何があるのか。

第四章

春疾風（はるはやて）

〝家庭〟に安住する自分を恐れた

一九八五年一月二十六日夜、新宿で軽く飲んでマンションに帰宅した康夫は、暖房のスイッチを入れるとリビングのソファに腰を下ろし、テレビをつけた。お笑いタレントの馬鹿げた番組をやっていた。チャンネルを切り替えようとリモコンスイッチを手に取ったとき、ビビッという音声がしてニュース速報が画面に流れた。

《今夜九時過ぎ、大阪・吹田市のマンションで暴力団組長ら撃たれる》

すぐに電話が鳴った。

知り合いのヤクザ幹部からだった。

――竹中四代目がエレベータ前で撃たれた。

「いまテレビの速報で観たばい」

――一緒にいた南組の南組長は即死、若頭の中山勝正さんと四代目はそれぞれ病院に運ばれたが危篤ということらしい。

「一和会か？」

――警察もうるさくなるから気をつけたほうがいいな。

「わかった」

康夫は電話を切った。

ヤクザ組織と直接の関わりはなかったが、加納グループの一員としてグレーゾーンで動いている。大阪の事件とはいえ、日本最大組織のドンが撃たれたのだ。警察は抗争拡大を未然に防ぐため、全国規模で取り締まり強化に乗り出すだろう。「気をつけろ」と知り合いのヤクザが言ったのは、そういう意味でもあった。

中山若頭（豪友会）は救急搬送されて四時間後、そして竹中四代目は九時間に渡る緊急手術を受けたが亡くなる。抗争の原因は、斯界のカリスマである田岡一雄三代目が亡くなり、四代目を継承した竹中正久に異を唱える一派が組を割って一和会を結成。山口組と対峙していたが、ついでに四代目暗殺の挙に出たのだった。この抗争は「山一抗争」と呼ばれ、一和会側に死者十九人、負傷者四十九人、山口組側に死者十人、負傷者十七人、抗争の直接の逮捕者は五百六十人に及び、抗争史上最悪といわれる。

経済指標では、バブル景気はこの翌年の一九八六年十二月とされる。だが、すでにバブル景気は助走を始めていた。新紙幣発行が二年前の十一月で、肖像画は一万円札が福沢諭吉、五千円札が新渡戸稲造、そして千円札が夏目漱石。偶然の一致とはいえ、新紙幣発行がバブル景気スタートの号砲とも言えた。社会の表裏は一体で、表経済がバブルに沸けば、裏社会もそれに比例する。バブル景気とは、いわば富の〝つかみ合戦〟であり、「山一抗争」は、バブル景気をその背景に見ることもできる。麻布十番に「マハラジャ」がオープンし、バブル景気の徒花のごとく高級ディスコブームが起こるのだった。

康夫は篠竹監督の全幅の信頼を得て、仕事も私生活も落ち着いた日々を送っていた。これまで浮いた話の一つとしてなかった康夫に、彼女もできた。クラブハイツのホステスで、晴子と言った。康夫の一つ年下だから三十五歳。水商売は初めてということだった。

晴子というのは店での源氏名で本名は秀美と言った。

「お店では、みんな派手な名前を付けたがるのに、なぜ晴子って名前にしたの?」と訊いたら彼女は「普通の平凡な名前が好きなの」と答えた。平凡な生活を送りたかったのかもしれない。

小柄で、細身で、控えめで、気遣いが細やかで、一緒にいるだけで心やすらぐような女性で、入店するやたちまち売り上げを伸ばし、百名を超えるホステスのなかですぐにベスト10に入った。ところが、月末近くになると店を休むことがある。休まなければ売上ナンバーワンになれ

るのに根性が足りないと思い、康夫が少しきつい口調で、

「なして休むとな。つまらんやなかか」

と言ったところが、晴子はうつむき、小さな声で、

「ナンバーワンになったら、他のホステスさんたちに妬（ねた）まれるから。私、そういうの嫌なんです。だから……」

あえて店を休み、売り上げを落としているのだと言った。心の裡を話したのは、この人ならわかってくれるという信頼を寄せていたからだろう。康夫の気持ちが動いたのはこのときだった。ホステスの仕事は客にカネをつかわせることだ。カネをつかわせ、売り上げることは自身の収入に直結するだけでなく、女としてのプライドが懸かっている。ところが彼女は、そういうことに背を向けているのだった。

一方、彼女もまた康夫の一本気の性格に好意をいだいていたのだろう。康夫が食事に誘うとコクリとうなずいたのだった。

つき合うようになって康夫は知るのだが、実家は東北P市で檀家千軒という大寺で、彼女はそこの長女だった。下に弟がいて、彼がいずれ寺を継ぐことになっていたが、交通事故で頭に瀕死の大ケガを負ってしまう。回復するとしても相当の時間がかかる。寺の子供たちは親の万一にそなえ、十代のうちに僧籍だけは取得しているので、住職である父親の健康と年齢を考え、

彼女が婿をもらって寺を継ぐことになったのである。

だが、婿養子に入り、坊主になろうという男はそういない。親戚が八方手を尽くして取り持ったのは、信用金庫に勤める中年男だった。風采があがらないのはともかく、口数が少なく、フィギュア集めが趣味というネクラの〝お宅〟で、彼女は虫ずが走るほど嫌ったという。

家出を考えた。だが、寺を継ぐ者がいなくなる。自分のわがままでそうなるのは耐え難いことだった。弟はどうなのだろうか。入院する大学病院の担当医に会って、回復の見通しについて率直な意見を聞いた。

「時間がかかるが大丈夫でしょう。無理をしなければ僧侶の仕事は勤まります」

この言葉に勇気を得て家を出奔した。初めての東京だった。知人もいない。ビジネスホテルに泊まり、新聞の求人欄に「寮あり、未経験者大歓迎」とあったクラブハイツに応募する。キャバレーという職場に不安があったが、着の身着のままで出てきた身に仕事先を吟味している時間はなかった。

彼女は、そんな話をした。大寺の「お嬢さん」ということを考えれば、控えめでおっとりした性格の理由がわかるような気が、康夫はした。

弟が先ころ無事に退院したと聞き、思い切って見舞いに寺に帰ってみた。両親は泣いて喜び、もどってくるように言ってくれたが、寺を継ぐ弟は遠からず嫁をとるだろう。小姑の自分は帰るべきではないと思っている。

「時間を見つけて、弟を手伝いにもどってくるから」

そう言い残して東京に帰ってきたのだと言った。

彼女が康夫との結婚を口にしていることはもちろんわかっている。年齢から考え、家庭に落ち着きたくなる気持ちも理解できる。結婚という形でなくても同棲だっていいと、彼女は思っているはずだった。だが康夫は、一緒に暮らすことで〝家庭〟に安住する自分を恐れていた。うまく言葉では言えないが、男として生涯をかけて打ち込む世界も仕事も見つけられていないことに苛立ちと、不安と、そして焦り（あせ）があった。

満たされないものの正体

四代目山口組・竹中正久組長が射殺された翌年の一九八六年八月、安部譲二の『塀の中の懲りない面々』が刊行され、大ヒットする。刑務所を舞台に、彼らの懲りない日常を描いたもので、作品自体の面白さに加え、「山一戦争」の激化でヤクザ社会が世間の注目を集めていたということも背景にあったが、作者の安部譲二が元安藤組組員であったということに大きな話題性があった。安藤昇と安部譲二の対談が雑誌で組まれるなど、メディアに相次いで取り上げられた。

（安部譲二が安藤組でなかったなら、ここまで話題になったかどうか）

と、康夫は思う。

安藤組は通称で、正式には東興業という。組員は武闘派のほか、安藤自身が法政大学中退であったように、日大、明治、立教、國學院など大卒や中退者が多く、「インテリヤクザ集団」と呼ばれた。敗戦後、前途に目標もなく荒廃した時代にあって、熱い血をたぎらせる若者たちは、既存の価値観を打ち破って台頭する安藤組に惹かれた。準幹部以上は制服としてグレーのジャケットに黒いネクタイを締め、胸に「A」のバッチをつけて街中を颯爽と歩いた。安藤組のファッショナブルな制服と、その力は、まさに新しい時代の息吹そのものであった。

そして昭和三十三年六月、前述のように安藤組による「横井英樹襲撃」が起こる。暴力事件として批難される一方、法律で裁けない人間に天誅を加えたものという見方もあった。そして安藤昇は映画俳優に転じて一時代を画す。安藤組と安藤昇が単なるヤクザ組織や組長でなく、英雄視されるのは、こうした理由による。

康夫は刑務所経験があるだけに『塀の中の懲りない面々』を楽しく読む一方、安部譲二が安藤組の一員であったことをうらやましく思うのだった。

森田雅から久しぶりに電話があり、京王プラザでお茶を飲んだ。森田という人間は、こちからからはなかなか連絡が取れず、一方的に電話がかかってくる。用事があるときもあれば、ヒマつぶしのときもあった。

「直也の本、読んだか？」

森田が言った。安部譲二の本名は「直也」だった。

「ええ、面白かったです」

「で、直に会ったんだ。何だかんだ話をして、〝俺も本を書きてぇな〟って言ったら、〝森田さんの話だったら面白くて絶対売れますよ〟って言うんだ」

おそらく安部譲二のリップサービスだろうが、直情径行にして何事も真に受ける森田である。

「ホントに売れるか？」

と訊いたそうだ。

「売れますよ」

「じゃ、出版社もイヤな顔しねえな」

「大喜びですよ」

「よし、書いてやろうじゃねぇか。おまえ、出版社を紹介しろ」

安部譲二は目をパチクリさせただろうと、康夫は可笑しくなった。

だが、安部譲二もさすがである。奔走して一九九一年、物書きでも有名人でもない森田雅は

『修羅場の人間学』（祥伝社）を出版。さらに安藤昇のプロデュースによって東映で映画化される。監督は梶間俊一、高嶋政伸、南野陽子、的場浩司らの好演でヒットする。

森田の話を聞きながら、安部譲二の言うように、安藤組を生き抜いた森田にはたくさんの武勇伝がある。書けば、掛け値なく面白いだろう。

（それに引き替え、自分にはどれだけの物語があるだろうか）

安藤昇は二十七歳で安藤組をつくり、最盛期には五百人を超える組員を束ねた。自分は三十半ばになって、「語るべき人生は何か」と問われたら返事に窮してしまう。平凡な人生が悪いというのではない。波瀾に心惹かれながら、波風の立たない日々を過ごしていることに忸怩たる思いをいだくのだった。小川薫をブン殴って執行猶予。新築した病院にツルハシを振り下ろし、S建設から工事費を取ったことが恐喝となって府中刑務所に二年二ヶ月入った。康夫の描く波瀾にはほど遠く、

（安藤昇ん人生が台風なら、俺（おい）ん人生は俄雨たい）

自嘲するしかなかった。

篠竹監督の私設秘書をしていれば何の不自由もない。著名人にも会える。いろんなビジネスも舞い込んでくる。カネも数千万円を握った。自分という器を考えたとき、できすぎた境遇かも知れない。だが、そうと自分に言い聞かせてなお、満たされないものがあった。あと四年も

すれば四十である。そう考えると焦燥感に駆られる。

「森田さん、一度、安藤さんに会わせてくれんですか」

思い切って頼んでみた。会ってどうこうするという目算があるわけではない。よくわからないが、会えば自分の中で何かが変わるのではないか。そんな期待があった。

「いいよ、今度行くとき連絡する」

森田のこともなげな軽い言い方に、この約束は実行されまいと康夫は思った。

こだわりが自分を育む

その日、康夫は日大フェニックスの練習グラウンドにいると、

「ああ、やっぱりここだ」

と言って、法律的なことで相談に乗ってくれていた有川弁護士がやってきた。山っ気があり、法律の抜け穴をつくのが得意で、康夫は重宝していた。

「何か？」

「丸の内中央郵便局を知っているでしょう？　丸の内の南口にある。あそこの食堂の経営権を二千万で譲渡するという話がきているんですが、興味があるかと思いまして」

「話の出どころは？」

「山形に本店を置くＳ銀行の神田支店です」

「じゃ、間違いなかか」

場所を近くの喫茶店に移して、くわしい話を聞くことにした。

有川弁護士は書類をカバンから取り出して、

「これ、銀行員から預かったものです。私も精査しましたが、儲かっています」

と言って書類をテーブルに広げた。

「ばってん、俺（おい）は食堂なんて経営したことがなか」

「何もしなくていいんです。施設も従業員も仕入れもすべて再雇用すればいい。中央郵便局の食堂を経営していると言えば、たいへんな信用力です。いろいろビジネス展開が考えられるんじゃないですか」

東京中央郵便局は大阪郵便役所、西京郵便役所とともに設けられた日本最初の郵便役所だ。地上五階・地下一階、総延床面積三六、四七九・一一㎡の規模を誇る。確かに大きな仕事だった。

（実業で足場を固めるのも悪くはない）

と康夫は思った。これから何をやるにしても、実業を持っている人間が強い。加納会長も「肩を揺すってメシを食う時代は終わる」――ヤクザ連中によくそう言っていた。虚実という言葉があるように、虚と実は双方が存在して成り立つ。すなわち「虚業」は「実業」をベースにしなければ、所詮は蜃気楼ということになる。そこまで深く考えたわけではなかったが、康夫の直感だった。

「よし、やろう」

「承知しました。ついては手付けで半金、一千万円を用意してください」

「わかった」

有川弁護士がいくら抜くのか知らないが、康夫は頓着しない。それぞれが、それぞれの立場と才覚でカネにすればいいのだ。康夫は一千万円を有川弁護士に託し、S銀行の担当者に渡したという連絡を受けた。

ところが、譲渡の話はいっこうに進展しないのだ。

最初、有川弁護士に騙されたのかと思った。だが、それはあるまいと思い直した。自分を騙せばどういうことになるか、当人がよく知っている。実際、有川も当惑していた。こういう場合、いくら有川を突っついても意味がない。伝言ゲームと同じで、話は転がっていくうちに変わっていくことがよくあるのだ。話が見えなくなったら元に当たる――これが鉄則であることを康夫は経験則でわかっている。譲渡主に直接会うことにして、杉並区の自宅を訪ねた。

お婆さんが応対して、

「確かに売るつもりでいます」

と言った。夫が先月亡くなり、自分ひとりでは経営は無理なので売るつもりであるという話を、取り引きのある地方銀行のS銀行神田支店の担当者に雑談でしたが、

「いくらで売るとか、そんな具体的な話はまったくありません」

と言ったのである。

「ばってん、奥さん、ここに書類があるんですよ」

S銀行の行員が作成した書類を見せると、お婆さんは手にとってから、

「身に覚えがないものです。経営状態についてもでたらめが記載されています」

と言って憤慨した。

担当の行員がお婆さんの話を聞いて虚偽の書類を作成し、持ち回っていたのである。それがたまたま有川弁護士の手に渡り、康夫に持ち込まれたということがわかった。行員が着服するつもりだったのか、あるいは売買の話を先走ってまとめ、定期預金として獲得するつもりだったか、それはわからない。少なくとも、康夫が出した一千万円が宙に浮いていることだけは確かだった。

すぐさまS銀行神田支店に乗り込んだ。総会屋として企業まわりしたときの経験で、非はそ

ちらにあるということを冒頭でぶつけ、浮き足だたせるのがポイントだ。支店長以下、役職者たちを前にして銀行印が押してある書類を初っぱなに見せ、

「銀行が詐欺ば働くんか！」

怒鳴りあげ、経緯をまくし立てた。動かぬ証拠は〝遠山の金さん〟の「桜吹雪」で、勝負あり。支店長は目が書類にくぎ付けになり、

「二、三日待っていただきたい」

顔面を蒼白にし、絞り出すような声で言って頭を下げた。

翌日午後、有川弁護士から電話があり、虎ノ門の事務所に顔を出すと、

「今朝、銀行の顧問弁護士二人がやって来て、一千万円を返すと言って置いていったんですよ。ただし、このことは不問にして、世間に公表しないでいただきたいと」

「冗談やなか！」

頭に血が上った。素直に謝り、いくらかでも包んで誠意を見せれば、康夫のことだから笑ってすませるだろう。ところが、自分が渡した一千万円を持ってきて、不問にしろだの世間に公表するなとは何事だ。

「よし、そっちがそがん態度で出てくるなら勝負してやる！」

康夫は、一万円を一千万円の束にしてビニールでパックした通称「レンガ」を小脇に抱える

て立ち上がった。

「し、白倉君、ぼ、暴力はまずいよ」

「わかっとるばい！」

事務所を出ると神田までタクシーを飛ばし、支店長室に乗り込むと、

「こんカネはいらん！　俺が自分ん手でオトシマエばつけてやる！」

床に投げ捨てて帰ったのである。

この話を聞いて恋人の秀美は思わず笑ってしまった。もらっておけばいいものを、どうして投げ捨てるのか。たぶん、もらわないでいれば取り返すという大義名分が立ち、銀行を攻撃する正当性が主張できるのだろう。このこだわりは康夫らしいと改めて思うのだった。

「白倉ちゃん、久しぶり」総会屋小川薫

翌朝、作業服に防弾チョッキを着込み、ねじり鉢巻きをした康夫は、ハンドマイクを持ってS銀行神田支店の前に立った。

「詐欺銀行を許すな！　S銀行は善良な市民を騙して一千万円を巻き上げ……」

奇妙な出で立ちの、獰猛そうな男が怒声を張り上げるものだから、出勤途中の人達は目を合わせないように足早に通り過ぎていく。怒っていることはわかるのだが、梅雨明けとあって蝉

の鳴き声がうるさく、ハンドマイクの声では負けてしまって何を言っているのか聞き取れない。

銀行が通報したのだろう。すぐ近くにある神田署から警官が数人駆けつけてきて、

「お宅、何をやってるの？」

詰問する。

「一千万円を取られたんだ」

「お宅が？」

服装（なり）を見て訝るが、

「そうでなかったら、誰が朝っぱらからこがんことばするかね」

「それもそうだけど」

本心はともかく、そんな言い方をした。

配下の国士舘ＯＢを数人動員し、翌日も、その翌日も、さらにその翌日もハンドマイク片手に銀行前に立ったが、蝉の鳴き声のほうが大きいのだ。警官も毎朝警備に来ているが、顔を汗で濡らしながら訴える康夫に、

「声がよく聞こえないから、なに言ってるのかさっぱりわからないよ」

同情的な言葉もかけてくれる。

そこで康夫は伝手を頼り、オンボロの街宣車を譲り受けたが、前後四つのスピーカーのうち

三つが故障して音が出ないのを、悪銭苦闘のすえ修理。大音量で糾弾の演説をしたところが、

「ちょっと、お宅、許可を取っているの？」

顔なじみになった私服が言う。

「許可？」

「街宣は警察の許可がいるんだよ」

「そがんもんは知らんばい」

「困るねぇ」

渋い顔をすると、神田署にもどり、許可書を作成してきてくれ、

「これを持って街宣しなさい」

と言った。一本気な性格がわかるのだろう。康夫はどこか憎めないところがあった。

銀行もしぶとく、音をあげなかった。ならばと本店がある山形までオンボロ街宣車を乗りつけ、批難したが、それでも向こうは折れない。街宣をかければすぐに解決すると思っていた康夫は、考えを改めた。総会屋がそうであったように、そして「篠竹監督の私設秘書」という肩書きがそうであるように、この世のなかはブランド勝負なのだ。街宣そのものを恐れるのではなく、誰が、どの組織が街宣をするかによるのだということを再認識するのだった。

康夫は腹をくくった。一年かかろうと、二年かかろうと、それこそ十年かかろうと、攻めて

攻めて攻めてやる。実績のない自分にブランド価値をつけるには、それしかないと考えたのである。

康夫は街宣の範囲を広げた。よくよく考えてみれば、神田支店にしても、山形の本店にしても、抗議の演説は迷惑ではあるが、顧客に対して「あの人、悪い人」という立場で開き直れば特段の実害はない。だが、取引先や親会社に街宣をかけられたらどうか。これは応えるだろう。S銀行は都市銀行であるF銀行系列だと知り、今度はそっちにも街宣をかけることにしたのである。

F銀行は無名の「白倉康夫」など歯牙にもかけなかった。「吠えるなら吠えろ」といった態度だった。ところが一週間が経ったころのことだった。一見してヤクザとわかる男が康夫の街宣車を停め、

「兄貴が、お宅さんにちょっと話を聞かせてくれませんかと言ってますので、そこまでお願いします」

と言った。

近くの喫茶店に案内され、兄貴分に会った。鋭い目つきをした男で、関西Y組系G組のMと名乗った。G組は武闘派としてだけでなく、経済ヤクザとしても知られ、関東一円に勢力を張

っていた。

Mは言った。

「私はいま小川薫の用心棒をしています。S銀行とお宅さんがどうなっているのか、一度小川と会って話をきかせてもらえませんか」

「小川薫!」

「知り合いですか?」

康夫の顔をのぞき込んだ。

まさかここで小川薫の名前が出てくるとは思いもしなかった。他人の案件に一枚噛もうとするのは、裏社会ではよくあることで、康夫もそのことは承知している。小川薫はコワモテの超ブランドで、一枚噛んでくれれば心強い。だが、自分は三菱電機の株主総会という華々しい舞台で小川を襲撃し、恥をかかせた。二十代半ばだったから、あれからすでに十年が経っている。あの事件がなければ、自分は総会屋を続けていたはずだった。

「S銀行との経緯について話すことはかまいませんが、私は昔、小川薫さんと敵対するグループにいて、小川さんを襲撃した張本人です。小川さんに白倉と言っていただければわかります。そんなわけで、小川さんに会うのはちょっとまずいですね」

「わかりました。小川に伝えましょう」

と言うことで別れた。

翌朝、自宅マンションの郵便ポストに手紙が入っていた。小川からいきさつは聞いたこと、すでにあの一件は水に流していることが書かれ、S銀行の本店がある山形は自分の出身地でもあるので、くわしく話を聞かせて欲しいと丁重な文言で書かれていた。封筒には切手が貼っていないことに気がついた。康夫の住まいをその日のうちに調べ、配下に投函させたのだろう。行動力に感心するのだった。

こうした経緯があって、康夫は小川薫と小川の事務所で会う。

「白倉ちゃん、久しぶり」

小川は満面の笑みで言った。コワモテの一方、人なつこいところがあると聞いていたが、まさか〝ちゃん付け〟で呼ばれるとは思いもしなかった。「調子のいい野郎だ」と悪く言う者もいたが、人なつこさは小川の魅力であったことも確かで、敵になり、味方になり、人間関係がめまぐるしく変わるのは、ひとえに小川のこの性格によるものと思われた。

S銀行の案件はしばらくして解決する。音を上げたのだろう。神田支店長が一千万円にお詫びの三百万円をつけて康夫を訪ね、丁重に謝った。三百万円は誠意の表れとして気持ちだけ受け取り、お金は固辞した。この一件で康夫はブランド価値が確実に高まった。「S銀行から一千万円をもぎとった男」として認識されるだろう。それで十分だったし、カネ目当ての街宣と思われるのは不本意だった。

その一方、小川薫はしたたかだった。後日、判明するのだが、小川はS銀行を系列とするF銀行に「白倉に一千万を返してやれば街宣をやめさせる」と持ちかけ、三千万円を受け取っていたことを康夫は関係者の口から知る。康夫は大笑いした。これ以上の喜劇があるだろうか。油揚げをかっさらうのはトンビだけではないのだ。小川薫の顔を思い浮かべて、もう一度、笑った。

安藤昇に告げた決意

行きがかり上の手段ではあったが、街宣活動をしたことが縁となり、康夫は右翼団体やブラックと呼ばれるジャーナリストたちと交友関係ができた。「S銀行を攻めた男」として実力を買われ、きわどい仕事も舞い込んだ。盆暮れには帰省し、「篠竹監督の秘書」という肩書きは、母親の久子を安心させた。

将来に明確な目標が持てないまま、篠竹監督のそばにいて忙しく動きながら、

(万相談の事務所でも立ち上げるか)

と漠然と思ったりもした。篠竹監督のおかげで人脈はずいぶん広がった。国士舘OBたちを使えば、実力行使の相談も引き受けられる。そんなことを考えながらも、具体的な計画にまで

はいたらなかった。前途に夢を描くには、気持ちの上で何かが足りなかった。

数年は瞬く間に過ぎ、四十の声を聞き、康夫は厄年の数え四十二歳を迎えた。災厄が降りかかる年とされ、行動に自重が求められるが、恋人の秀美によれば、厄年は一転、飛躍の年になることもあるのだそうだ。真偽は定かではないが、寺の娘が言うのだからそういうことがあるのかもしれないと、康夫は前向きにとらえるのだった。秀美とつきあい始めて六年になる。結婚ということも考えなくてはならないと思った――。


そんなある日のことだった。篠竹監督に、国会タイムズの五味武会長が主催するパーティの招待状が届いた。国会タイムズは政治経済の暗部をえぐる情報紙で、田中角栄元首相の金脈問題や三越の岡田茂元会長の乱脈事件などで気を吐く一方、フィクサーとして君臨する笹川良一を糾弾して一歩も退かず、五味会長の姿勢と度胸は社会の表裏から一目も二目も置かれていた。

「五味会長は日大ＯＢだからな。それで招待状を送ってきたのだろう。知らん顔もできまい。おまえ、代わりに顔を出してきてくれ」

篠竹監督に言われた。

康夫は国会タイムズなどの情報メディアをあまり評価していなかった。総会屋の全盛時代、小才のきく連中は情報紙と称して学級新聞のような刷り物を作成し、購読料の名目で賛助金をせしめていた。国会タイムズはそのメジャー版くらいに思っていた。実際、五味社長は「ブラックの帝王」と呼ばれ、政財界から恐れられていた。

ところがパーティに顔を出して、この考え方は一変する。現役の国会議員から一流企業のトップ、さらに各国の駐日大使までずらりと顔をそろえているのだ。そして挨拶に壇上に立つと、こぞって五味社長を誉めちぎるのだった。

（新聞というのは、そこまで力があるのか）

康夫は目を見開かれる思いだった。パンフレットに記された五味会長のプロフィールを改めて見る。奇しくも康夫が私淑する安藤昇と同じ一九二六年生まれ。寅年で、会津の出身であることから「会津の虎」と呼ばれていることを知る。

（これだ！）

と康夫は思った。自分が目指す道はこれなのだ。新聞を発行して世の中を動かす——康夫はこのとき決意するのだった。

「白倉」

声に振り向くと高田光司が立っていた。

「あっ、お久しぶりです」

「聞いているぞ。篠竹さんの〝ふところ刀〟として活躍しているんだってな」

「会長」

「何だ」

「安藤昇さんに会わせてください」

思い切って言った。

森田雅から連絡はなかった。森田さんは安藤昇の舎弟、加納会長は兄弟分。微妙な人間関係があって紹介しにくいのではないか。むしろ、近しくても安藤組の人間でない高田のほうが、フランクに紹介しやすいのではないか――高田の顔を見たとき、とっさにそう思ったのだった。

「そう言えば、おまえは安藤さんのファンだったな。いいよ、来週にでも連れて行ってやろう。早く紹介してやればよかったな」

康夫の胸は高鳴った。安藤昇主演の映画『血と掟』を見てあこがれたのが中学二年生の年の一九六五年だった。それから二十六年ほどが経っていた。

週が明けて高田は約束どおり、康夫を誘って赤坂の安藤昇事務所を訪ねた。何を着ていくか一瞬、迷ってから、普段どおり作業着の上にライフジャケットのようなベストを着て、編み上げの安全靴で行った。先週の五味武会長のパーティは、篠竹監督にスーツで行くよう言われてそうしたが、安藤昇にはありのままの自分を見て欲しかった。

「いま売り出しの男です」

と言って高田が康夫を紹介し、安藤が康夫の服装を見やりながら、

「渋谷のヤミ市を思い出すな」

と笑ったのは、すでに紹介したとおりだ。

「白倉は以前、私のところにいたんですよ。十何年前になりますかね、私に言われて小川薫を襲撃して、総会屋の世界にいられなくなった」

そして、篠竹監督の〝私設秘書〟であることなど、高田がかいつまんで康夫のことを紹介してから、

「この男は安藤さんの信奉者なんですよ。一度、お会いしたいと言うので連れてきました」

と笑いながら言った。

信奉者であると面と向かって言われ、康夫は赤くなったが、

「加納会長や森田さんには、たいへんお世話になっています」

と言って二人の顔を立てた。

「そうかい。森田が迷惑かけてるんじゃないのか?」

「とんでもなかです」

「真っ直ぐの男だから多少のことは大目に見てやってくれよ」

威張るわけでもなく、森田のことを引き合いにしながら、二十五歳と親子ほども歳の違う自分を気づかってくれていることに康夫は気がついた。これが貫目と言うのだろう。ヤクザ親分や大幹部に知り合いは何人もいるが、フトコロの広さということでは誰も安藤昇に及ぶまいと思った。

安藤昇事務所は法人登記してあり、法人名を『九門社(きゅうもん)』と言った。安藤は家相を独学で極め、家相の著書もある。安藤の家相学は独特で、八方位を「門」と呼び、吉を呼び込む「吉門」と、凶が入り込む「凶門」があるとする。八門に「鬼門」を加えて九つの門とし、これをもって吉凶を鑑定することから「九門家相術」となり、社名にしたのだった。映画やVシネマの企画製作、書籍の執筆、ビジネスのコーディネイト、さらに依頼されるまま家相鑑定とアドバイスなどをしていた。

「遊びだな」

と言って安藤は笑った。

波瀾の人生を生きてきた男にして初めて言える言葉なのか。安藤の映画デビューは一九六五年だから四十一歳のとき。康夫のいまの年齢と一歳しか違わない。新たな人生の旅立ちに何を思っていたのだろう。青臭い話は笑われるのではないかと懸念したが、思い切ってそのこと問うてみた。

「何も考えないさ。水は高きから低きに流れていく。人生は縁に随うと言うけど、とどのつまりは水の流れのようなもんじゃないのか」

「自分は新聞ば発行しようと思うとるんです。五味武さんの国会タイムズんような情報新聞です」

「ゴミはゴミでも、ちょっと違う——五味の得意の口上だな」

笑ってから、

「新聞の名前は？」

と訊いた。

「西郷隆盛が好んで用いた『敬天愛人』から取って、『敬天新聞』とするつもりです」

「天を畏れ敬うか。いいんじゃないか」

「『天』とは〝人間として正しいこと〟という意味だと自分は思うとります」

「木の葉は浮くべし、石は沈むべし——か」

「はい。石が浮いたら天誅ば加えます」

と康夫は言った。

一九九三年十月一日、敬天新聞が創刊。『国賊は討て』をスローガンとし、康夫はみずからを「国士啓蒙家」と称した。新たな人生のスタートに合わせて、秀美と一緒に暮らすことにする。

敬天新聞社主として

情報紙はネタがなければ仕事にならない。飲み屋の新規オープンであるなら駅前に立ってチラシをまけばいいが、情報紙は創刊したからといって不特定多数にネタの募集をかけるわけにはいかない。敬天新聞なら大丈夫という信用があって初めてネタが持ち込まれ、行動に移せる。

「これが頼まれて仕事をするということの難しさだ」

と安藤はアドバイスしてくれた。

たしかにそうだ、と康夫は思った。敬天新聞という名前さえ知られていない。タレコミが期待できないとなれば、当面、ヤクザやグレーゾーンに生息する人たちに敬天新聞の存在を積極的にアピールすることにした。

信用のおける編集・取材スタッフを集め、名乗りをあげてから二週間ほどして一通の封筒が郵送されてきた。差出人の名前がない。思った通り、告発ネタだった。

埼玉県T市のX病院に対する告発で、内容は二つ。一つは看護婦の数をごまかして国の補助金を詐取していること、もう一つは患者の通院回数を水増しすることで利益を得る診療報酬の詐取だった。その額は三億円を超えるとある。看護婦の実数と水増しした人数がわかる書類、患者の通院記録のコピーが同封してあった。診療科目は内科、整形外科、泌尿器科、脳神経外科などがあり、病床数は八十五床で、T市では名の知れた病院だった。

「血税で私腹ば肥やす輩に天誅ば下すぞ！」

康夫が吠え、スタッフたちも燃えた。敬天新聞の事務所は東京と隣接する埼玉県T市の一軒家を買って構えたのだが、古い家なので改築しなければならなかった。トイレは汲み取り式で、これを水洗式に変えるには、肥溜めの部分を汲み取ったあとセメント部分を壊してからガラを入れて埋めなければならない。汲み取ったばかりの肥溜めに入るのは誰もが躊躇するが、N青年はノミとトンカチを持って飛び込み、力を振るってセメントに穴を開けた。「猛将の下に弱卒なし」と言うが、敬天新聞にはこうした男たちが集っていた。

中古のハイエースを改造した街宣車を病院に乗りつけた。

「敬天新聞や。理事長か院長に取材ん申し込みだ」

受付で名乗ると事務長が応対した。赤ら顔の太った男で、金縁のメガネをかけている。

「看護婦ん人数、患者ん通院回数ば水増ししとることについて、うちん新聞で告発記事ば掲載する。言い分があったら聞こう」

「何のことかさっぱりわかりませんな」

案の定、驚くわけでもなく、すっとぼけた。

「裏は取ってあるったい」

「ほう、どんな裏ですか」

「いまここで言う必要はなか」

この返答に事務長はハッタリだと読んだのだろう。

「言い掛かりをつけると恐喝で警察に訴えるぞ」

強気に出てくる。

康夫の戦略どおりだ。証拠のコピーは切り札なのでまだ出さない。全面否定させ、強気にさせ、話をモメるだけもませ、街宣をガンガンかけてから最後の最後に、

「これでどうだ！」

バーンと領収書を見せて観念させれば勝負あり。敬天新聞の値打ちはうんと高くなるというわけだ。

街宣は許可制になっているので、康夫はさっそく警察に申請して取った。警察に一回申請すると東京都は二週間で二千百円、埼玉県は二千五百円で一ヶ月間継続して活動できる。敬天新聞が本格的な街宣活動をするようになってから、一年中いつでも活動できるようにしておくため、康夫は東京都には二週間ごと、埼玉県には一ヶ月ごと申請を出し続けることになる。

スピーカーで攻撃した。

「Ｘ病院は看護婦の水増しをし、患者の通院回数をごまかして三億円を超える補助金を詐取している！」

「国賊、許すまじ！」

「院長、出てこい！　理事長、出てこい！」

連日、マイクでがなり立てたところが一週間後、Ｓ会傘下のＫ一家から電話があり、

――ウチの縄張（シマ）で勝手なことをしねぇでくれ。

とクレームがきたのである。


地元組織からクレームがくることは康夫も最初から予想はしていた。日本中どこへ行っても、どこかの組が縄張にしている。街宣をかければ必ず〝待った〟をかけてくるだろう。だから事前に話を通しておいて攻めるか、クレームが来た段階で対処するか、それともシカトするか。念頭には置いてあったが、どこの組織が出てくるかわからず、その時点でどうするか考えるつもりで身構えていたところへ、Ｓ会Ｋ一家が名乗りを上げてきたというわけだ。

問題はＫ一家の立ち位置だ。縄張の問題なのか、それともＸ病院の面倒を見ているのか、自分たちも同じネタで攻めようとしているのか。それによって対応も変わってくる。

「お宅、Ｘ病院と関係でもあるんですか？」

――うちで面倒をみているんだ。手を引け。

「いきなり言われても〝ハイ、そうですか〟ってわけにはいかない」

――手を引かねぇてのか。

「黙って見過ごすわけにはいかないんでね」

――よし、わかった。

ガチャリと電話が切れた。

それから十五分後、黒いフィルムを窓に貼ったベンツが数台に分乗して、十数人ものヤクザが敬天新聞の事務所に乗り込んできたのである。

「K一家のNだ！」

年かさの男が名乗った。

ケンカ腰である。

康夫は言った。

「しばらく目をつむっていてくれませんか。病院と和解したら、お宅に悪いようにしないから」

「だめだ、勝手なマネはさせねぇ」

聞く耳を持たないのだ。

康夫は訝った。メンツの問題であれば、あとでいくらかカスリを取ればいい。自分たちも同じネタで攻めるつもりでいるなら、街宣をかけて一週間ほど経っているのだから、もっと早くに〝待った〟をかけるはずだ。

(X病院に頼まれたな)

康夫はそう読んだ。

となれば、若い衆に身体を懸けさせても阻止に動くだろう。ヤクザ組織とガチンコでぶつかる力は当時の敬天新聞にはない。K一家はともかく、上部団体のS会は大組織、もしこれが出てくるようだと、巨象とアリである。ひねり潰されてしまう。負け戦でもメリットがあれば身体も懸けるが、自分がいますべきことは、安藤昇がアドバイスしてくれたように実績をつくることだ。一週間、街宣をかけたことで敬天新聞は地元ではすっかり有名になった。しかもS会傘下の組が阻止に動いたとなれば、この話はたちまち裏社会を駆け抜け、敬天新聞の名前は一躍知られることになるだろう。当初の目的はじゅうぶんに達せられた。

だが、このままおとなしく引いたのではX病院に対して天誅にならない。しかも地元のK一家にナメられたとなれば今後の活動に支障をきたす。

(オトシマエはつけるべきだ)

と、康夫は考えた。

「わかりました。ウチは手を引きましょう」

　Ｋ一家のＮ組員に告げると、関西Ｙ組系Ｇ組に、このネタを投げたのである。Ｇ組は、東京中央郵便局の食堂の一件以来、いいつき合いをしていた。いきさつを説明し、証拠のコピーも渡してから、

「うちはカネはいりません。好きにしてください」

　と言った。

「わかったよ」

　Ｇ組の若頭(かしら)は乗り気になった。病院が相手となれば確実にカネを取れる。イケイケとして飛ぶ鳥を落とす勢いだったＧ組は、兵隊を引き連れてＸ病院を恐喝。四千万円を脅し取った。Ｋ一家とは貫目が違い、Ｎ組員クラスでは手の出しようがなかったのである。これはあとで判明することだが、Ｎ組員はこの病院の看護婦長の彼氏で、婦長から敬天新聞に攻められているという話を聞き、「敬天と話をつけてあげましょう」と理事長に持ちかけて乗り出したのである。ところが、Ｇ組は四千万円をものにしたが、Ｎ組員は自分が所属するＫ一家から十数人も若い衆を動員しながら一銭にもなっていない。

「てめぇ、どうなっているんだ」

　Ｋ一家の組長に責められ、立場がなくなってしまったのである。

こうなれば病院を恐喝するしかない。N組員は理事長を脅して百万、二百万と何度も嚙ったため理事長は音をあげ、被害届を出す。N組員が逮捕され、ついで康夫も逮捕されてしまうのである。

康夫は取り調べで居直った。

「確かに街宣はかけたけど、N組員にやめてくれと言われたからやめた。カネなんか一銭も取ってはいない」

実際、取っていないのだから釈放になる。理事長はNを通じてG組に四千万円渡したと供述したと思われるが、物的証拠はない。N組員もG組の名前は口が裂けても言えない。言えば命がないし、K一家にまで累が及ぶ。話によっては上部団体のS会にねじ込むだろう。黙るしかなかった。一方、K一家の組長は「オトシマエをつけろ」とN組員を追い込む。N組員は進退窮まり、みずから命を絶つのだった。さらにこの事件で不正が発覚した病院は院長、理事長らが逮捕され、一年後に倒産。すべてはうやむやのまま幕引きになるのである。

(N組員にもっと器量があったら)

と康夫は思う。

敬天新聞など一喝すれば押さえ込めるとナメてかかったことが結局、命取りになったのだった。

人生は一回きりの片道切符

康夫は週に一、二度、赤坂にある安藤事務所に顔を出した。安藤はいつも十一時に現れるので、その少し前に着くようにしていた。事務所の一室がマージャン部屋になっている。康夫はやらないが、安藤はメンツがそろっていれば午後二時ごろまで興じる。現役のヤクザ親分から実業家、編集者、映画関係者まで多士済々で、安藤の交遊の広さにいつも感心させられた。ゲームが始まると安藤に挨拶だけして辞すことも少なくなかった。

事務所に行ってみるまでわからないことだが、メンツがそろっていないときや来客が途切れたときなど、お茶を飲みながら安藤と雑談でき、これが康夫の楽しみだった。安藤の経験談や人生観は、康夫にとって何より財産だった。自分から積極的に口を開く人ではなかったし、あれこれ質問されるのは鬱陶しがって好まなかったが、雑談で興が乗ると気さくに何でも話してくれた。

この日、康夫は不躾を承知で、

「なしてヤクザになったんですか」

と問いかけた。自分の転変の人生が頭にあったのだろう。安藤と話すときは言葉に気を配るので、長崎弁に標準語が混じっていた。

「さあ、どうしてだかな。人生なんて結局、結果論じゃないのか？　ヤクザになろうと思って生まれてきたわけじゃないし、〝よし、将来はヤクザになるぞ〟と決心して不良少年をやったわけでもない。気がついたらそういう生き方をしていただけのことだ。お前さんだってそうだろう？　敬天新聞の社主になろうと思って島原から出てきたわけじゃあるまい。結果としてなっちまった。それだけのことだ」

「もし安藤組ば解散せんかったなら――そがん思いがよぎることはないですか？」

「人生はあの世に向けて一回きりの片道切符だ。〝もしも、あのとき〟なんて振り返るのは意味のないことだ」

人生は結果論、そして一回きりの片道切符――。康夫は胸の内で繰り返した。四十歳までは齢を重ねていく「足し算の人生」とすれば、四十代を生きる自分は、あと何年を現役で活動できるかという「引き算の人生」ということになる。時間は限られている。敬天新聞がどこまで頭角を現せるか。

安藤事務所の帰途、康夫は考えた。小川薫も高田光司も総会屋として新参時代、株主総会を仕切る大物総会屋に徹底して噛みついた。ことに「広島グループ」と呼ばれた小川薫は過激で、「おどれ！　わしの質問に答えんかい！」

壇上の議長席に座る社長に向かって広島弁で噛みついて立ち往生させた。「出る杭は打たれる」で、「与党」の大物総会屋はつぶしにかかるが、小川は根性と度胸でそれを跳ね返し、総会屋の頂点に立った。山形のS銀行を攻めたときは出汁にされたが、それはそれとして、小川の頭角の現し方は見習うべきだと思った。

「ブラックジャーナリズム」と呼ばれるこの世界に君臨する大物——国会タイムズの五味武会長に噛みつくのだ。


頂点に立つ者は必ず下の者に批判される。五味会長に対してモミ手する人間たちも、陰にまわれば独善的だと不満を口にする。五味会長の批判や悪評は康夫も耳にしていたが、広域組織S会のF会長が五味会長の面倒を見ているという話も耳にしていた。敬天新聞で五味会長を攻めればS会とトラブルになる。かつて小川薫を襲撃して名を売りはしたが、結局、総会屋の世界では生きていけなくなったという苦い経験がある。身体を懸ければいいというものではないことを、康夫は学んでいた。

顔見知りで、F会長に近いS会組員と一杯やったおり、

「会長は五味さんのケツ持ち（後ろ盾）ですか？」

さりげなく訊いてみた。

「いや。五味さんは何だかんだ話を持ってくるけど、ウチがケツ持ってるわけじゃない」

「そうですか」

康夫は返事しながら、これなら叩いても大丈夫だと思った。

さっそく五味会長に関する悪評を敬天新聞に書いた。告発というより挑発である。噛みつく姿勢を社会の表裏にアピールできればそれでよかった。

五味会長から何の反応もなかった。無視である。さすが五味会長も敬天新聞の狙いがよくわかっている。歯牙にもかけないことで、みずからの存在感を示したのだろう。実際、康夫には五味会長を攻め続けるだけのネタもなかった。

そこで康夫は考えた。ネタや悪評による挑発ではなく、おちょくりに出たのである。五味会長の顔写真を大きく掲載し、ゴリラ顔だとかオランウータン顔だとか勝手放題に書いた。これには業界関係者もさすがに驚いた。敬天新聞の本気度を評価し、ここぞとばかり五味会長に関するネタが集まり始めたのである。康夫は片っ端から紙面にしていった。

業界は五味会長がどう出るか注目した。当初は、さすがカネ持ちケンカせずで、相手にしないことが評価されたが、ここまでコケにされて黙っていると、

(手が出せない理由があるのか?)

と勘ぐられてしまう。

さすがに五味会長も放置しておくわけにはいかなくなり、フィクサーと呼ばれ社会の表裏に通じた朝堂院大覚、そして関西Y組系のH組長、関東S会系のA会長といった大物を間に入れ

ることで和解。康夫はこうして一躍名前を売り、「戦う敬天新聞」のイメージが定着するのだった。

康夫はこのとき、一人の政治家の顔を思い浮かべていた。のち自民党の総務会長を務め、第一次安倍内閣で防衛長官、防衛庁が省に昇格して初代防衛大臣に就任する重鎮——久間章生である。

（敬天新聞が力を持ち始めたいまなら徹底して叩ける）

康夫は狙いをつけた。久間との十年戦争の始まりだった。

十年戦争

発端は敬天新聞を創刊する二年前の一九九一年六月三日のことだった。康夫の郷里、長崎県の島原半島中央部にそびえる火山「雲仙・普賢岳」が爆発。火砕流で四十三人もの犠牲者を出すという大惨事が起こった。

島原半島の脊梁をなす雲仙岳は、普賢岳や国見岳、妙見岳など八つの山の総称で、康夫の自宅から歩けば四、五時間の遠足コースだが、クルマなら三十分ほどで展望台に着く。康夫は雲仙岳を仰ぎ見て育ち、雲仙岳から眼下の有明海を一望して少年の夢を膨らませた。

小学校四年生のとき、吉岡先生に誘われて登ったときの会話を鮮明に覚えている。

――十人おったら十の正義があるということや。松倉親子も自分では悪かことばしようという気はなかったとやろう。天草四郎も、鈴木重成も、みんな自分は正しかことばしよっとおもうと。それが人間やということは、康夫には知っといて欲しかばい。いまは先生んいうことがよう理解できんかもしれんばってん。

――こん世ん中に悪人はおらんやなかか。

――悪人かどうかは、そん人間ばみる自分が決めるったい。

――どがんして決める?

――西郷隆盛の『敬天愛人』という言葉ばしっとるか? 天を敬い人を愛するという意味ばってん、天とは真理・神・宇宙んことやけど、先生は〝自分の信念〟を貫くことやとおもうとると。自分の信念――つまり人生観に照らしあわせて善悪を決める。ちょっと難しか話になってしもうたな。

このときの吉岡先生の言葉から敬天新聞と名付けた。その雲仙岳が爆発した。怒ったように爆発した。心のよりどころにしていた康夫は、東京にいて衝撃を受けたのだった。

康夫はその前年、『島原恋歌』を「原城四郎」のペンネームで作詞・作曲している。「原城」

は、天草四郎がキリシタン農民を率いて籠城し全滅した城で、康夫が子供のころ遊び場にしていた。「四郎」は天草四郎である。

一、雲仙岳はヨー、おどんが誇りでヨー
雨の日も風の日もヨ、静かにそびえ立つ
父の強さを思わせる心の故郷よ
早く、帰りたい。早く、帰りたい。

二、有明の海はヨー、おどんが誇りでヨー
暑いときも寒いときもヨ、静かに笑ってる
母の優しさ思わせる心の故郷よ
早く、帰りたい。早く帰りたい。

三、島原の城はヨ、おどんが誇りでヨー
悲しい時も寂しい時もヨ、静かに見つめてる
君への愛しさ思わせる心の故郷よ

早く、帰りたい。早く。帰りたい。

白倉家の宗旨は浄土真宗であったが、歌詞に詠むごとく原城と天草四郎は郷里そのものであり、「早く帰りたい」と望郷の念を募らせていた。

(郷里のために何かできることはないか)

と康夫は考え、友人知人に声をかけ、三万円の参加費で寄付集めのパーティを開くことにした。篠竹監督の私設秘書として日大に深く関わっていた関係で、文理学部妻倉学部長を初めとする教授や運動部の監督、国士舘からは大澤英雄現理事長、体育学科の教授たちが出席した。被災地を代表して、のち島原市長となる吉岡庭二郎島原市議会議長と横田幸信・深江町町長が出席し、義援金は半分ずつに分けてそれぞれに託した。

康夫が憤慨したのは、久間代議士だった。久間氏は長崎一区選出で、運輸政務次官を経験するなど将来を嘱望されている。しかも、口加高校の卒業で康夫の先輩にあたり、口加高校は南島原市にある。パーティで励ましの挨拶をお願いすべく事務所に電話すると、応対した秘書が、

「長崎県からは何名ぐらい出席されますか?」

と問うので、

「寄付を受け取る代表者だけで、出席者は私の友人知人で、みなさん東京在住です」

と答えた。大学関係者が多数出席してくれているのだ。地元選出の久間代議士が挨拶してくれれば康夫の顔も立つ。

ところが当日、やって来たのは秘書のMだった。

「久間は急用ができましたので、私が挨拶を代読させて……」

言い終わらないうちに、康夫が烈火のごとく怒った。

「急用やと！　本来なら久間先生が率先してやらんばいかんことば、おいがやっとーったい。何が急用や！　これより大事な急用があるんか！　帰ったら久間先生に言うとけ。明日から敵になってとことん叩いてやるから」と。

追い返したのである。

翌日からさっそく街宣をかけたが、マイクでがなったところで所詮、〝蟷螂の斧〟。久間代議士は取り合わなかった。それから二年後、康夫は敬天新聞を創刊。過激な街宣活動との相乗効果に加え、五味会長への攻撃で一躍名を上げる。敬天新聞の批判記事は久間代議士にとって無視できなくなってきたのである。

久間代議士はあらゆるチャンネルを使って和解を打診してきたが、康夫はいっさい耳を貸さなかった。そして、十年の長きに渡って延々と批判し、叩き続けるのだった。

話を先に進めておくと、和解のきっかけはM秘書と政治家のパーティで偶然顔を合わせたことだった。

「何とか久間と仲直りできないものでしょうか」

辞を低くしてMは言った。

このとき康夫は、母親の久子の顔が脳裏をよぎる。すでに久子は亡くなり、来月は七回忌の法要を南有馬で予定していた。実は久子は連合婦人会の会長であり、久間代議士の地元関係の婦人会長という立場でもあったのだ。その息子が十年にわたって久間代議士を攻めているのだ。理由はどうあれ、立場上つらかったはずだが、康夫に対して一言も「やめてくれ」とは言わなかった。

その気持ちを察し、

（久間代議士との和解は、母親の手向けになるのではないか）

と康夫は思い、こう提案した。

「お袋ん法事ば来月、郷里でやるけん、久間先生が一人で出席し、最初から最後まで会場におったらそれで終わりにしょうだい」

そのころ久間代議士は防衛庁長官、自民党幹事長代理、自民党総務会長を歴任するなど政界で重きを成し、多忙な日々を送っている。丸一日を費やして私的な法事に長崎まで帰って来られないだろうと思っていたところが、やって来たのである。そして開式から閉式まで法要会場にて、列席者に挨拶してくれた。これに康夫は誠意を見た。町民の代表の前で久間代議士と握手すると終戦を宣言するのだった。

お袋のつらかった胸中を察し、いちばん安堵しているのはお袋ではないかと思った。借金を背負い、子供たちを養うため夜中の二時に起きて豆腐を仕込んだお袋……。幼稚園児だった自分も豆腐を売って歩いた。ガキ大将の自分に嘆息はしても、決して怒ることはなかった。国士舘柔道部でヤキを入れられ、満身創痍で帰京した自分の身を案じて泣いてくれたお袋。何一つ親孝行ができなかったばかりか、久間代議士を攻めて板挟みの苦しみを味合わせた。康夫は涙が滲んでくるのだった。

康夫は、「いま思えば、久間先生の急用と言うのも事実だったのかもしれない。若気の至りで、後先考えずに行動したが、申し訳なかった」と後日近隣の人に語っている。

第五章

青嵐（せいらん）

人間社会は、すべて恐喝で成り立っている

「人間社会は、すべて恐喝で成り立っている」

これが康夫の人生観だ。

「政治も、経済も、教育も、煎じ詰めていけば脅しで成り立っている」と公言し、敬天新聞にも書く。たとえば雑誌は、「このままでは悲惨な老後が待っている」と、読者を煽ることで売ろうとする。老後のハウツーを解説するように見せながら、その本質は脅し――すなわち恐喝である。

「塾に行かないと志望校に入れない」

という刷り込みも、「政治はこのままでいいのか！」という批判も、その本質は恐喝であり、人生を生き抜き、勝ち抜く最善の方法は、恐喝を逆手に取るか、恐喝する側にまわることなのだ。だから康夫は「恐喝」に引っ掛けて、

「今日勝つ、明日勝つ、明後日も勝つ」

とシャレで嘯くわけだが、不正を追及された企業の弁護士は敬天新聞を恐喝で訴え、裁判でこう主張する。

「明日を生き抜くために、今日を勝たなければいけないと、敬天新聞社主の白倉康夫は公言しております。新聞発行も街宣活動も、恐喝を目的としていることは明白であります」

これに対して康夫は、

「おまえ、バカか。そんなもの、面白おかしく売り口上で言っているだけだろ」

と被告席からヤジを飛ばし、裁判長にたしなめられるのだった。

言うまでもなく個人や組織、企業の不正を街宣と新聞で攻め、手を引く条件としてカネを取れば恐喝になる。警察に逮捕されてしまう。だから康夫は攻めるときは細心の注意を払うが、敬天新聞が不正を暴けばヨーイ、ドンで、裏社会に生息する人間たちがすぐに動き、

「敬天新聞の記事を止めましようか」

と当該企業に持ちかけ、〝和解金〟と称してン千万円という大金をふんだくるのだ。企業にしてみれば、〝和解金〟を払ったにもかかわらず記事が止まらないとなれば、「騙された」と思ってしまう。かくして康夫が恐喝で逮捕される。有名であることは力であることは確かだが、有名であるがゆえのリスクも少なからずあるのだ。

個人や組織、企業の不正を街宣と新聞で攻め、手を引く条件としてカネを取れば恐喝になる。警察に訴えられれば逮捕されてしまう。

敬天新聞を発行し続けるのは資金的に楽ではない。経営は定期購読料と、「国賊は討て！」の信念に共鳴する篤志家の寄付で何とかやりくりしている。

カネを取ることを目的にするなら事は簡単だが、康夫は安藤の教えを守って、それはやらなかった。

安藤はこう言った。

「男はメンツを売るんだ。人参や大根を売るのと訳が違う。値段は自分でつけ、ビタ一文まけちゃならない」

そして、映画俳優に転じ、松竹と専属契約を結ぶときの話をしてくれたのである。

デビュー作『血と掟』（松竹配給）は安藤昇の半生を作品化したものだが、当初、映画に出るつもりは毛頭なかった。ところが、安藤組を解散したばかりとあって印象が生々しく、主人公の「安藤昇」の役をやれる俳優がいない。キャスティングが暗礁に乗り上げ、結果、「ホンモノをおいて、安藤昇をやれる人間はいない」と三拝九拝され、やむなく安藤自身が主演を引き受けた。これが空前の大ヒットを記録し、当時、経営が落ち込んでいた松竹の救世主となり、重役がすぐさま一年間の専属契約を申し出てきたのである。

安藤が康夫に言った。

「俳優なんてガラじゃないからさ。〝契約金二千万円なら〟と言ったんだ。いまのカネでいえば数億円だな。映画が当たったとはいえ、一本しか撮ったことのないシロウト俳優が二千万なんて非常識はわかっているさ。だけど俳優としてどうかは関係ない。俺は、俺という男に値をつけたんだ。呑むか呑まないかは向こうの勝手だ」

これには康夫も舌を巻く思いだった。「いくらまでなら出すか」を値踏みし、それの五割増しくらいの値をつけ、双方が歩み寄る――これが交渉だ。ところが安藤は、自分の価値観で自身に値をつけ、一歩も退かない。相手が二の足を踏めば話は壊れ、一銭のカネも手にすることはできない。

安藤が語る本質は、金銭交渉ではない。

生き方であり、姿勢だ。

(自分に安藤さんの真似ができるだろうか？)

と自問し、

(できる、できないじゃなく、そうするべきなのだ)

と我が身に言い聞かせたのだった。

松竹の重役はさすがに金額が大きすぎて即答は避けたが、後日、安藤を赤坂の料亭「満貫」に招き、二千万円の現金を持参。こうして安藤は映画俳優に転身していくのだった。

敬天新聞はいっさい妥協しない。三年でも五年でも十年でも、企業が音を上げるまで攻め続ける。根気もいる。経費もかかるが、こうして康夫は「敬天新聞は恐い」という評価を築き上げていくのだった。それでも果敢に敬天新聞を名誉毀損などで訴えてくる企業もある。慰謝料から攻めて敬天新聞を黙らせようとするわけだ。だが、一千万円の慰謝料支払いの判決が出ても、康夫は居直る。

「わかりました。支払う意志はありますが、カネがないので毎月千円ずつ分割で払います」

そして千円ずつを振り込んでいくうちに、「もう結構です」と企業が言ってくる。いつまでも敬天新聞と関わることのデメリットを考えるのだ。

勢いは勢いを呼び、敬天新聞は倍々で伸びていく。メーカーから金融、地方公共団体まで、あらゆる分野からタレコミがある一方、ヤクザからのネタ提供も少なくなかった。利用するだけ利用しておいて、「警察の指導がうるさくて」といった理由でヤクザと手を切ろうとする。これに腹を立て、敬天新聞にネタを流して攻めさせて鬱憤を晴らすのである。

だが、名が売れれば、定期購読も増えて財政的には助かるが、先に触れたように、これを利用しようとする人間も当然出てくるのだ。

生き方が問われる時

「白倉ちゃん、ちょっと話があるんだ」

財界関係の月刊誌のオーナーである田川喜太郎から電話があり、帝国ホテルの一室で会った。田川は政財界に顔が広く、財界人を対象に、官僚出身で自民党実力のK代議士を囲む朝食会を主催するなど世間に知られた男だった。田園調布に自宅、そして都心のビルに出版社を構えているほか、康夫が訪ねた帝国ホテルを個人の事務所代わりに使っていた。

康夫とは棲む世界が違うが、田川にしてみれば裏情報を取るのに敬天新聞を重宝していたのだろう。康夫にしてみても政財界に通じた田川と親交を持つことは有形無形のメリットがある。コーヒーをルームサービスで頼んで、田川が本題に入った。

「M銀行M支店の支店長が女を強姦した」

康夫の反応を見るかのように言葉を切ってから、

「女は二十代。広告代理店に勤めている。銀行ポスター作成の仕事で知り合ったそうだ。打ち合わせと称して食事に誘われ、酒を飲まされ、支店長がセカンドハウスとして借りているマンションに連れ込まれた。うちの雑誌じゃ、もちろん書けない。週刊誌も広告の関係で書けないだろうし、書けたとしてもそれだけじゃだめだ。こういう輩は、まさに白倉ちゃんが言うように天誅を下さなければならない」

さすがの康夫も驚いた。

「本当？」

思わず聞き返しそうになったが、相手は政財界で著名な田川である。ヨタ話をするわけがない。だが、天下のM銀行の支店長が若いOLを強姦するだろうか。合意ということも考えられるし、女にハメられたということも考えられる。本人に会ってみなければ話になるまい。

「彼女からくわしか話ば聞きたかけん会わせてくれん？」

「それが恥ずかしがって誰にも会わないんだ。被害届を出すのが一番だが、そうなると警察で根掘り葉掘り状況を聞かれるので、とても無理だ。わかるだろう？　だったら弁護士を立ててはどうかと言ったんだが、弁護士にだって説明しなくちゃならない。恥ずかしくてとても耐えられないと言って泣くんだ」

「田川さんとはどがん関係なの？」

「うちの雑誌の広告担当なんだ。よくやってくれていてね。様子がいつもと違うので、心配して声をかけたら泣き始めちゃって」

「わかりました。そがん卑劣な男は、徹底的に叩きましょ」

康夫が険しい顔で言った。

敬天新聞が個人や企業を糾弾する場合、一般的な手順としては、紙面で攻撃する前にまず質問状を送付し、その回答によって紙面の書き方を考えるのだが、この一件のネタ元は社会的に信頼が置ける田川である。しかも相手は強姦野郎だ。いちいち質問状など出す必要はない。

敬天新聞は即座に行動を起こした。M支店だけでなく丸の内の本店に街宣をかけ、さらに自宅周辺に糾弾ビラを撒いた。ところが一週間後、本店前で街宣をかけていると、パトカーと覆面の捜査車両が何台かで街宣車を取り囲み、

「白倉、恐喝未遂で逮捕状が出ている！」

その場で逮捕(パク)られてしまったのである。

康夫は取調室で首をひねった。逮捕はあるかもしれないと腹はくくっていた。相手は天下のM銀行だ。支店や本店に街宣車で乗り込み、支店長を「強姦野郎！」とマイクでがなり立てるのだ。ただではすまないと思っていたが、M銀行を攻めて逮捕されるなら、むしろ勲章になると思っていた。ただ、パクられるとしたら威力業務妨害になるはずだった。

「刑事さん、なして恐喝未遂なんや？　威力業務妨害の間違いやなかとか」

康夫が取調官に言うと、

「いや、恐喝未遂だ」

「そがんバカなことがあるか。相手と会うたこともなかし、電話で話ばしたこともなかばい。どがんして恐喝するったい」

「とぼけるな！　証拠があがっているんだ！」

「証拠？」

「おまえが電話で恐喝している録音テープだ。被害者が提出しているんだ！」

机をドンと叩いた。

このとき康夫は、誰かが支店長を脅していたことを知る。

（誰だ？）

ピンときた。

田川——あいつしか考えられない。

（しかし、なんでだ？）

康夫が訝りながら、

「本当においん声なんか？　いま喋りよるこん声と同じなんか？」

刑事がハッした顔をする。白倉康夫は長崎弁なのだ。標準語でしゃべったとしても、言葉の端々に訛りがあるはずだ。ところがテープの声に訛りはなかったのである。だが、ならばなぜ敬天新聞は街宣をかけたのか。無関係とは言えまい。刑事はそこをついてきた。

「誰に頼まれたんだ？」

「頼まれたわけやなか。天誅ばい。あがん男、許せん。そうやろ、刑事さん」

ネタ元が自分であることは絶対に明かさないでくれ――田川にそう念を押されて引き受けたことだ。女にも会わせなかった。不自然といえば不自然ではないか。だが、話が途中で変わってきたからといって、「実は――」と内実を明かすのは男のやるべきことではないというのが、安藤昇が繰り返し康夫に口にしたことだった。

安藤はこんな言い方をした。

「友達になった男があとから犯罪人だとわかっても、悪口を言ってはいけない。自分の意志で友達になったんだ。信義というのはそういうもんじゃないか？」

田川と約束した以上、名前は絶対に口にしなかった。

「それに、白倉」

と刑事が続ける。

「おまえは強姦だと言って攻めたが、強姦なんかじゃないんだ。被害者の話だと、二人は交際していて、三十回以上セックスしているんだ」

「三十回やろうが五十回やろうが、最初ん一回が無理やりやったら、それば強姦と言うんやなかと？」

康夫は突っ張った。

あとでわかるのだが、女はしたたかで、最初は田川とデキていたのだが、途中から支店長に乗り換えたのだ。それで田川が頭にきて「敬天新聞の白倉」と名乗って支店長を脅し、

「カネを出さなければ街宣をかけるぞ！」

と何度も電話で脅迫したのだった。

支店長は当初はたかをくくっていたのだが、突如、敬天新聞が街宣をかけてきたので泡を食い、念のため録音していたテープを持って警視庁に飛び込み、白倉ほか敬天新聞の社員四名が逮捕されたというわけである。

だが、康夫の指摘でテープの主が「白倉康夫」でないことはハッキリしている。女が参考人とて聴取され、田川の名前が浮上するのだが、田川が朝食会を主催する大物政治家を使ったのか、お咎めはいっさいなかった。敬天新聞の社員二人が罰金五十万円、残る三人は起訴され、内二人が一年と三年、康夫は三年の実刑判決で、執行猶予五年がついたのだった。

康夫は帝国ホテルの田川の部屋に乗り込んだ。企業を攻める敬天新聞にしてみれば、五年の執行猶予は長く、行動に細心の注意を払わなくてはならない。オトシマエをつけようとしたところが、

「刑事さんに言われているんだ。白倉が何か言ってきたらすぐに知らせてくれって」脅しにかかったのである。執行猶予の身だ。恐喝ということになれば執行猶予取り消しになって収監されてしまう。「俺が警察に駆け込めばおまえはヤバイぞ」——田川はそう言っているのだ。康夫は頭に血が上った。

「よし、いますぐそのデカをここ呼べ。デカの前で恐喝してやる！　すぐ呼べ！」

ものすごい形相に身の危険を感じた田川はあわてて刑事に電話した。警視庁は帝国ホテルの目と鼻の先である。ものの十分で刑事たち数名が駆け込んできた。

「刑事さん、そもそもこん田川ん野郎が俺に話ば持ち込んできたんや」

田川のほうから裏切り、脅しをかけてきたのだ。遠慮はいらない。康夫は刑事にいっさいをぶちまけたが、さすが警視庁はすべてを承知していた。結局、貧乏クジを引いたのは康夫だった。刑事たちも康夫に同情し、田川の内情について話してくれた。田園調布の家は借家、会社は大赤字、帝国ホテルの部屋代も飲食代もツケにしてそれが溜まっており、追い出されようとしているということだった。相手がM銀行の支店長というので、敬天新聞を利用すれば大金が取れると考えたのだろう。

後日、安藤昇事務所に顔を出してこの顛末を話すと、安藤はこう言って笑った。

「天下のM銀行が無視できなくなるまで敬天新聞は存在感を持つようになったということだな。

これからが本当の意味で敬天新聞が試されるときだ」

情報紙として力をつけたことは確かだと思う。だがその力は、ガキ大将が腕力と粗暴さで恐れられるのと同じであってはならない。自分は小、中、高校時代を通して近隣で一目置かれた。ケンカには絶対の自信があったが、手を出すのは理不尽なこと、自分が考えて不正義だと思う相手に対してだけという矜持が子供心にあった。

（いまの自分はどうなのか）

敬天新聞が試されるときとは、自分の生き方が問われることだと康夫は思うのだった。

世の中のあるべき姿

敬天新聞の創刊時から、康夫は毎週水曜日の夕刻、新橋駅東口の機関車広場横に街宣車を停めて演説をする。サラリーマンの街である新橋は、世間が何に不満を感じ、憤っているかが皮膚感覚でわかる。世のなかの不公平さ、理不尽さの糾弾に対しては「そうだ！」という掛け声もかかる。右翼らしからぬ演歌調のＢＧＭに乗って、防弾チョッキを着込み、タオルをねじり鉢巻きにした獰猛そうな男が演説し、語りかけるとあって、やがて新橋の名物風景になっていくのはすでに紹介したとおりだ。

企業の不正やスキャンダルは、すべての組織や機関にとって〝金脈〟だと康夫は考える。一般メディアにとっては、報道スクープという金脈であり、ヤクザや総会屋、情報誌にとっては、文字どおりカネになるという意味で金脈である。そして当局もまた、「狡兎死して走狗烹らる」と諺にあるがごとく、恐喝する側があって存在意義を発揮するのだ。

かつて商法改正によって総会屋の多くが廃業に追い込まれたとき、高田光司は康夫にこう言った。

「総会屋の活動が法律で禁じられただけであって、企業の不正やスキャンダルがなくなったわけじゃない」

人間の悪行、そして企業が利潤追求を大命題とする以上、不正は影のようにつきまとい、決して消え去ることはできない。総会屋が法律で駆逐されればされるほど、情報紙にとっては追い風になる――高田はそう言ったのだった。氷山の大部分は海中にあり、海上に現れている部分は全体の七分の一である。このことから「氷山の一角」という言葉が生まれるのだが、表社会の一般メディアで報じられる企業スキャンダルはまさにそうだと、康夫は思う。氷山が巨大な塊を没しているように、目の届かぬ海の中で男たちが〝金脈〟を奪い合い、暗闘が繰り広げられていることを世間は知らない。

巨大ヤクザ組織が企業側につき、つぶされた案件はいくつもある。すでに紹介したように、ヤクザが出てくることで話がつくため、そういう意味ではウェルカムだったが、ヤクザによっては敬天新聞に支払う和解金をピンハネし、それを隠して企業からせしめる者もいる。それに対してケツをまくるかどうかは、ひとえに力関係なのだ。子供社会でさえ、ガキ大将を頂点とする〝腕力の階層組織（ヒエラルキー）〟になっている。「腕力」を「軍事力」「経済力」に置き換えれば国際社会になり、これらを背景として富と利権を恐喝する。

「世のなかは恐喝で成り立っている」

何度も書くがこれが康夫の理解であり人生哲学だった。この人生哲学を偏狭と見るか、独断と見るか、行動の自己正当化と見るかは人によってさまざまだろう。和解という名の金品授受に批判は当然ある。だが康夫は私腹を肥やすためでなく、悪党を退治するために悪党からカネを取るのだ。それのどこが悪いという居直りがある。尺度は独断であろうとも、「木の葉が沈んで石が浮かぶ」ということが許せなかった。石は沈み、木の葉が浮かんでこそ、あるべき世のなかだと信じていた。だが、利害と思惑が錯綜するヤクザが事件に絡めば命がけとなる。

ヤクザが絡む大事件

S会傘下にあって千葉県M市を縄張りとするM一家のA理事長が、新宿に本社を置く住宅メーカーQ社に関するネタを持ち込んできた。

「あの会社、手抜き工事をしてるんだ。叩いてくれないか」

と岩淵が言った。どこの組かハッキリしないが、叩けば〝ケツ持ち〟が出てくるはずで、そこで話をしてカネを取るという筋書きだった。岩淵は五十がらみでM一家のナンバー2の地位にあり、跡目を継ぐのではないかとウワサされている。

「どこが出てくると？」

「たぶんS会系列だと思う」

「お宅と同じやなかと」

「うちは組織が大きいからさ。何やかやぶつかるんだ」

と言って岩淵が笑った。

東西を問わずヤクザ業界は広域組織による寡占化が進み、代紋こそ同じものを掲げてはいるが、二次団体以下になるとお互いがライバルで、シノギをめぐってぶつかることが少なくない。A理事長の一件もそういうことだろうと康夫は理解したが、ネタだけこっちに振って、あとは知らん顔では虫がよすぎると思い、念を押した。

「ウチは相手が誰であれ不正があれば叩くばってん、〝ケツ持ち〟が出てきたとき、お宅は話ができると？」

「大丈夫だ。どこが出てきても、自分が話をする」

「わかった」

さっそく記事を書く。

『手抜き工事疑惑発覚！』

派手な大見出しを掲げ、住宅販売など関連会社に敬天新聞を送りつける一方、大音量で街宣をかけた。宣戦布告である。Q社がどう出て来るか。すぐに反応があった。

――事実無根なので抗議活動も新聞掲載もやめていただけないか。

専務と名乗る男が電話をかけてきた。ほかの案件でもそうだが、ナンバー2を出して小当たりしてくるのは、敬天新聞の反応によって対応を考える時間稼ぎの場合が多い。話し合いの余地があることを匂わすのは拙劣で、

「お宅が廃業するまでやります」

不退転であることを通告する。キャンキャン吠えるより、丁重な言葉のほうがずっしりと相手の心に突き刺さるものだ。

電話を切って、すぐA理事長に連絡をとり、先方の意向を伝えると、

――無視してかまいません。

という返事。先方の〝ケツ持ち〟はまだ動いていないということか。翌日、そして翌々日と街宣をかけると、先日の専務と名乗る男が電話をしてきた。

――事実誤認があるので、お目にかかってお話をしたいのですが。

どうやらまだ白旗を上げるつもりも、〝ケツ持ち〟を出して話をまとめるつもりもないようである。専務は、新宿のデパートの一階にある大バコの喫茶店を指定した。衆人環視のなかで会えば、脅迫されないですむと考えてのことだろうと康夫は思った。先の長い戦いになりそうだ。一方的に糾弾するだけでは〝ノレンに腕押し〟になってしまうが、相手が反論してくれば紙面上でバトルになり、読者は俄然、興味をもってくる。反論は大歓迎である。相手が何を言うのか、まず聞き置くため、取材ということで敬天新聞の若手二人を行かせることにした。康夫がA理事長に電話して、このことを告げると、

——やつら、辛抱できなくなったんだな。しっかり頼むよ。

高笑いを残して電話は切れた。

ところがこの一件は、ヤクザが絡む大事件になるのだ。

敬天新聞記者が拉致された

翌日、敬天新聞の記者二人は、約束の午後一時ちょうどに喫茶店に入っていった。入り口近くに座っていたスーツ姿の中年男の表情が動いた。

「Q社の方ですか?」

記者の一人が問うと、

「敬天新聞の？」

立ち上がって言った。

記者の一人が不穏な空気を察知した。周囲の席に分散して座る七、八人ほどの男が一斉に鋭い視線を投げかけてきたのだ。

（カタギじゃない）

店の入り口を振り返る、数人の男がドアの脇を固めるように立っている。

「取材は今度にしよう」

一人の耳元でささやき、袖を引いたところが、数人が二人を素早く取り囲むや、脇腹に固いものを押し当て、

「外に出ろ」

と低い声で言った。

クルマに押し込むと、数台のベンツが急発進した。


「遅いな」

康夫が敬天新聞の事務所で、社員につぶやいた。二人を取材に出してすでに二時間ほどが経っている。電話もない。こちらから携帯に掛けてもつながらない。新宿のど真ん中で、しかも

デパート一階の喫茶店だ。身の危険などあるわけがないと思ったから、二人を行かせたのだが、何か突発事態が起こったのかもしれない。

康夫はA理事長に電話した。

「うちん連中と連絡が取れんのや。まさかS会の〝ケツ持ち〟とモメてるんやなかんちゃろな?」

――それはない。

「本当か?　ウチん人間に何度、電話してん出んのやぞ」

――そこまでは俺もちょっとわからねぇな。

「何か隠しとるんやなかか?」

――おいおい。妙なこと言わないでくれよ。

そわそわとした物言いで、どうも要領を得ない。事情はわからないが、M一家で何かが起こっているようだ。グズグズしていると二人の身が危ない。電話を切るや、関西Y組系G組に電話を入れた。G組は、かつて康夫が引っかかった中央郵便局の食堂の一件以後、いいつき合いをしていたし、埼玉県T市のX病院の一件などもあって親しくしていた。Y組系G組は関東一円に深く食い込んでいて、敬天新聞が企業を攻めると〝ケツ持ち〟として登場し、

「何だ、またおまえか!」

ということが再三ならずあった。

そんなこともあり、また康夫の一本気の性格を気に入ってか、G組の若頭（カシラ）は康夫に目をかけてくれていた。

康夫は電話でいきさつをかいつまんで若頭に説明して、S会系M一家で何が起こっているのか調べてもらえないかと頼んだ。ものの五分で折り返し若頭から電話がきて、

――いまM一家に電話してみたら、何もない言うとるで。

磊落（らいらく）な性格の若頭らしい返事だった。

「お手数をおかけしました」

丁重に礼を言って電話を切った。力があるとは言っても、G組は他組織なので、M一家は〝よそ行きの返事〟をしたのかもしれない。そう考え、今度はM一家と同じS会系のK氏に連絡を取った。康夫が府中刑務所に服役したとき世話になったS会の重鎮で、国士舘のOBである。K連合を率いる総長である。仕事では絡むことはないが、出所後も可愛がってくれていた。

順を追って説明し、

「申しわけありませんが、うちの二人が行方不明になっているんです。M一家で何が起こっているのか調べていただけませんか」

と依頼し、K総長は配下の幹部に調べるよう命じてくれた。

これはあとでわかったことだが、M一家は幹部の問い合わせに「さあ、ちょっとわかりかねますが」と言葉を濁したので、

「敬天新聞の白倉はうちの総長と昵懇の仲なんだ。もし白倉の若い者に何かあったときはうちが出るから」

そう告げると、相手はびっくりして、

――実は。

と言った。康夫が睨んだとおり、Q社の〝ケツ持ち〟が出てきて記者二人をさらったのだが、さらった人間はA理事長と同じM一家のナンバー3である本部長だったのである。

「わかった。それ以上、手を出すな。どこにいる？　わかった、いまから白倉と二人を迎えに行く」

この幹部から電話をもらって康夫が都内のマンションに急行する。記者二人は顔が変形するほどの壮絶なヤキを入れられていたのである。

「そうであってはならない」という矜持

康夫は激高した。M一家ナンバー2であるA理事長が攻めるQ社の〝ケツ持ち〟が、同じ組のナンバー3である本部長とはどういうことだ。康夫はA理事長を呼び出して攻めた。

「お宅の組がどうなっとるんか俺には関係なか。二人が締められたことんオトシマエばつけれ！」

「そ、そう言われても……」

逃げ腰で拉致があかない。これもあとでわかるのだが、A理事長はナンバー2ではあるが、急速に力をつけてきた若手の本部長に地位を脅かされていたのだった。Q社は本部長にとって有力な資金源の一つで、A理事長は敬天新聞を使ってまずここを潰そうとしたのである。

A理事長を攻めたところで一銭にもならない。ならば、内輪もめのとばっちりなので、M一家に責任を持っていくのが筋ということになる。

K連合の幹部は「うちから話をしようか？」と言ってくれたが、最初に話を持っていったのが関西Y組系G組である。若頭が直々にM一家に電話もしてくれている。この世界は筋と手順を一つでも間違えると、顔をつぶすことになる。

「最初にG組に話をもっていっているので、そっちに話します」

きちんと説明し、G組に話をしたのだった。

G組とM一家とのあいだで何度か話し合いがもたれた。代紋違いでもあり、

「うちの組内のことだ」

とM一家は突っ張り、話し合いは難航した。放っておけばメンツが絡み、ドンパチも懸念さ

れ、Ｓ会系の長老も収拾に乗り出した。Ｍ一家にとっては「組内のこと」だが、まさにその「組内のこと」で、事情を知らない敬天新聞の記者二人が大ケガをさせられているのだ。この一点においてはＭ一家も責任は免れない。

「Ｍ一家が敬天新聞に見舞金を支払う」

ということで話がついたのである。

康夫は安堵した。大ケガをさせたことは申し訳ないが、記者二人にまとまったカネを渡してやれるし、敬天新聞はうるさいという評価も得た。今度の一件は、今後の活動に活きるはずだ。

そう思った矢先のことだった。Ｍ一家内で異論が出た。

「Ｇ組と約束した以上、見舞金は白倉に支払う。だが、そのカネはＡ理事長に出させるべきものだ」

というわけで、「Ａ理事長が支払う」と康夫に連絡してきた。

言っていることはわかるが、康夫にしてみれば、それこそＭ一家の内部問題であって、まずＭ一家が支払い、そのオトシマエをＡ理事長とつければいいだけのことだが、ここで自分が突っ張れば、Ｇ組とＭ一家でややこしいことになってしまう。これ以上、迷惑をかけるわけにはいかない。Ａ理事長からカネをもらうことにした。

三日後、Ａ理事長が果物籠を持って敬天新聞を訪ねてきた。てっきり籠の中に現金が入っているものと思って見たら、果物だけである。

「どがんことなんや！」

怒鳴りつけると、

「すみません、すみません、申しわけないです」

平身低頭するばかりだった。

M一家のナンバー2にまで登り詰めたA理事長は、かつてはイケイケで羽振りもよかったようだが、弱肉強食のこの世界は、いったん落ち目になれば坂道を転げ落ちるがごとくだ。だからヤクザは舐められないよう肩肘張って生きていくのであり、それは敬天新聞も同じであった。だが、A理事長をこれ以上、攻めても意味がない。康夫はどうオトシマエをつけるか考えた末、一年ほど前にM一家組長が関係する企業のスキャンダルを敬天新聞で攻めたことを思い出した。あのときは組長から〝待った〟がかかり、顔を立てて矛を収めたが、あの一件を蒸し返すことにしたのである。

一度、話がついた案件を蒸し返されたのでは、相手に対して組長のメンツは丸つぶれとなる。すぐさま組長付の秘書がすっ飛んで来て、

「白倉さん、どういうことですか」

険しい顔で言ったので、

「組長はご存じかどうか知りませんが」

と前置きして康夫はQ社をめぐる一件を説明して、

「敬天新聞は結局、一銭ももろうとらんですよ。約束ば反故にしたんやけん、うちとしてはQ社ば叩いてんよかんばってん、ヤクザ同士で話ばつけたもんば書くわけにはいかんやろう。それで辛抱しとるとばい」

気合いが入ると、どうしても長崎弁になってしまうのだ。今回、約束を反故にしたことと、組長の一年前の一件とは直接は関係はないのだが、頭の切れる秘書はもちろん康夫の意図がわかっている。翌日、多額のカネを持って来た。

「約束を反故にしたことについてはこれで、今回、組長絡みの一件について記事をやめていただくぶんはこれです」

と、札束を二つに分けてテーブルに置いたのだった。

組織や案件にもよるが、街宣活動の裏ではヤクザ組織が複雑に絡み、水面下で命がけの駆け引きが行われている。ぶつかれば、敬天新聞は武闘力で広域組織にかなわない。だが、ぶつかることを縁として意気投合し、親交を結ぶこともある。こうした人脈が敬天新聞の力にもなっている。ヤクザに対しても紙面で渡り合えるのは、康夫の度胸に加え、人脈という力関係を抜きには語れまい。だが同時に人脈は足枷にもなる。

大手ヤクザ組織が産廃事業に絡み、十億円のカネを業者から脅し取ったという情報をつかみ、敬天新聞で記事にしようとして組に質問状を送付したときのことだ。応対した大手組織のナンバー2はもの静かな口調で言った。

「お宅がハネ上がったら、××組長の立場は悪くなるんじゃないのか」

この大手組織と、康夫と親交のある××組長が所属する上部団体は友好関係にあり、「敬天新聞がウチに噛みつけば××組長に累が及ぶぞ」と恫喝したのだった。

敬天新聞が大きくなるということは、それだけ多くの柵（しがらみ）ができるということでもあり、人間関係という政治力も必然的に求められる。総会屋時代、「野党」がやがて「与党」となり、利権と安逸を貪る姿を見てきた。そうであってはならないと、これは康夫が自分に言い聞かせることだった。きれいごとではない。虎は鋭い爪と牙があるから恐れられる。爪と牙を捨て去れば、無用の体躯を持て余す猫に過ぎない。「野党」でありつづけることが敬天新聞の生命線であることを康夫は熟知していた。

貧乏クジを承知で引く度胸

敬天新聞の知名度に比例して、不正を告発する情報が次々もたらされ、康夫は独楽（こま）のように全力で回転しつづけた。止まれば転ぶ。そんな急き立てられるような思いがあった。「国賊は討つ」という思いは変わらないし、貧乏クジを承知で引くだけの度胸と根性だけは持っているつもりでいる。だが、その一方、社会のためとまでは言わないにしても、どれだけ人のために役に立ったのかと自問すると、返事をためらう自分がいた。

当局から見れば敬天新聞は「反社」である。実際、康夫は恐喝や威力業務妨害などの容疑で何度も逮捕されている。原点に「義憤」があろうとも、そうして活動の一方で、何かしら社会や地域のために役立つことをしなければ自分の存在意義はないのではないか。そんな思いが康夫にはあった。

振り返ってみれば、自分を育んでくれた郷里にどれだけ恩返しができたのか。普賢岳の噴火では東京でチャリティーパーティを開いたりもしたが、そんなことではとても恩返しとは言えない。自分の人生の原点は柔道を指導してくださった溝田良英先生であり、生き方と右翼思想を説いてくださった高校時代の担任である池田親俊先生だ。たまに郷里に帰ると、康夫が初代主将を務めた南有馬少年柔道部は、いまだに雨漏りする講堂で稽古をしていた。池田先生は、武道こそ神前に額ずく日本精神の発露であるにもかかわらず、雨漏りの道場とは何事か、と言って憤慨していた。専用の武道場を持ちたいと溝田先生は言ったが、財政規模の小さい田舎町で武道場を建てるなど夢物語だった。

日々の活動に忙殺されて気がつかないでいたが、少年柔道部は四年後の二〇〇五年に創立四十周年の節目を迎えるというではないか。

（よし、おいが郷里に武道館ば建ててやる）

康夫は決心したのである。

即座に行動を起こた。郷里の役場を訪ね、町長に武道館建設を申し入れた。

町長は文系の人間で、スポーツや武道には理解が浅いとは聞いていたが、感心すら示さない。

「武道館？　予算ん問題があるんやけんね。まず、図書館が先ばい」

康夫は熱弁を奮った。

「武道こそ日本人ば貫く精神的支柱ばい」

「人心ん荒廃しとるこん時代にこそ、武道ば通じた青少年ん健全育成が急務ばい」

「それにもかかわらず、有馬少年柔道部は雨漏りする講堂、窓が割れた講堂で稽古しとるばい」

町長はフンフンと聞いていたが、

「ばってん、武道はそがん環境にあって、それに打ち克つことも大事なんやなかと」

妙な精神論を持ち出して話を打ち切った。町長は甘く見たのだろうが、相手は久間章生元防衛大臣を十年にわたって攻撃しつづけた「敬天新聞社主　白倉康夫」である。いったん始めた

らトコトンである。陳情の一方で、

「つまらんハコ物ばかり作って、なして武道館ばつくらんのか！」

批判もし、大きな声も出し、運動公園に南有馬武道館の建設にこぎつけるのである。こうして国際試合もできる二階建ての立派な武道館は二〇〇三年八月八日、起工式を迎える。

（これで四十周年に間に合う）

康夫は安堵し、四十周年イベントを成功させるために奔走する。

大きな曲折を迎えた

南有馬町少年柔道部創立四十周年記念式典は二〇〇五年九月二十五日に行われた。

当時、国士舘OBで全日本男子柔道監督を務める斉藤仁が出席してくれた。このことはすでに触れた。斉藤はロサンゼルス五輪、ソウル五輪の九十五キロ超級で二大会連続金メダリストに輝き、柔道少年たちの〝あこがれの星〟だった。全日本男子監督のほか国士舘柔道部監督、国士舘体育学部教授を務めるなど超多忙な時間をやりくりして駆けつけただけでなく、講演会と柔道教室まで開催した。南島原市は鉄道が走っていないため、長崎空港からクルマで片道二時間近くかかる。それでも斉藤が足を運んだのは、康夫の依頼なればこそだった。

講演会の内容は、柔道の血を吐くような足跡だけでなく、人生の機微に触れる斉藤の話は聴衆の心を揺さぶり、感動して涙を浮かべる人もいた。柔道教室は斉藤が直接指導してくれるということで、子どもから大人まで百三十名が詰めかけ、大盛況だった。

一九六一年生まれの斉藤は国士舘で康夫の十期後輩にあたる。ヤキを入れられて柔道部を追われはしたが、「国士舘の白倉」を自認する康夫は規則により在学年数いっぱいの八年で退学はしても、陰に陽に国士舘に関係する諸々の事案に関係し、後ろ盾になっていた。柔道部に対しても黒子となって尽くしており、斉藤が南島原まで駆けつけたのは、同校柔道部監督として感謝のあらわれでもあった。

斉藤は、溝田先生のためにアテネオリンピック出場選手全員の記念サインの入った絵皿と、二週間前に終わったばかりの世界選手権出場者全員のサイン色紙を持参した。全日本の監督としてトップ選手を指導する斉藤が、溝田先生という地方の少年柔道界で黙々と青少年を育成する斯界の先輩に対して敬意を表したのだった。この心配りに、康夫は熱いものが込み上げてくるのだった。

その斉藤は十年後の二〇一五年一月、肝内胆管がんにより、五十四歳の若さでこの世を去る。この年の十月二十五日、南有馬町少年柔道部は創立五十周年を迎え、記念式典を開催する。式場に端座した康夫は、十年前、この地に馳せ参じてくれた斉藤の笑顔を思い浮かべるのだった。四十周年記念祝賀会に駆けつけてくれたのは斉藤だけでなく、マジシャン世界四位の実力者として知られる爆笑マジシャンのブラック嶋田、実行委員でもある全国勝手連連合会の光永勇会長、劇画家の村上和彦、佐世保出身で実力派歌手の平浩二、さらに飛行機が嫌いということで実行委員のタイガーマスク（佐山サトル氏）は電車と船を乗り継いでやって来た。久間章生衆院議員第一秘書、松尾義博町長、末吉光徳県会議員、松島世佳県会議員ら多数が顔を並べ、盛大に催された。

歌謡ショーの最後にゲスト、実行委員会のメンバー全員がステージに上がり、山本昌平のハーモニカに合わせて『ふるさと』を合唱し、会場が一体となって南有馬を想った。

康夫が作詞・作曲した『島原恋歌』の歌詞は一番から三番まで、「早く、帰りたい。早く、帰りたい」というフレーズで終わっている。故郷とは何なのだろうか。「人間到る処青山あり」とは、男子が志を立てて郷関を出づ(い)るときの餞(はなむけ)の言葉でもある。世間は広く、死んで骨を埋める場所ぐらいどこにでもあるのだから存分に活躍せよ——そんな意味で、郷里への未練を断ち切れという励ましでもあるが、言い換えれば、郷里は断ち切らなければならないほどに大切なものということになる。康夫は南島原に帰ると、雲仙岳から山海を一望し、来し方に思いを馳せ、そして新たな決意を持って戦場の東京へともどって行くのだった。

四十周年を催してから十ヶ月後の二〇〇六年七月十日、篠竹幹夫監督が七十三年の生涯を閉じる。この年の十二月十七日、第61回甲子園ボウルにおいて、追悼セレモニーが行われた。生前の映像をスクリーンに映して故人を偲び、スタジアム全体が黙祷を捧げた。一代の英傑は、その名を日本のアメリカンフットボールの歴史に刻む。

敬天新聞の活動の一方、陰で篠竹監督を支えてきた。その篠竹監督がいなくなる。自分の人生において、ひとつの大きな曲折を迎えたと、康夫は思った。

夫としてと、問われれば返す言葉はない

四十二歳で敬天新聞を創刊し、康夫は五十代を全力疾走で駆け抜けた。不正をネタに攻めるという仕事は、スズメバチの巣をいきなり棒切れで叩くようなものだ。首尾よく駆除できるか、スズメバチに逆襲されて刺されるか、命がけの日々である。警察は企業の被害届を受けて、威力業務妨害や恐喝、名誉毀損、器物損壊など法律という〝針〟で刺しにくる。他方、企業側につくヤクザは文字どおり凶器で攻めてくる。攻める案件が増えれば増えるほど比例して身の危険は多くなり、いつ逮捕されるか、いつズドンとやられるか、二十四時間三百六十五日が臨戦態勢となる。

そんな日々にあって、妻の秀美と連れ添って二十年になるが、子供はもうけていない。夫婦で旅行を楽しむこともない。秀美は時折、東北にある実家のお寺に帰って寺を継いだ弟の手助

けをしているのだが、康夫も時間をつくって顔を出す。晩春の桜、夏場の蝉時雨、秋の紅葉、そして厳寒の積雪。広い境内の四季の移ろいを本堂に座して眺めていると心が安まるのだった。

　妻の異変は、康夫が還暦を迎えてまもなくのことだった。東北の実家から帰ってきた妻が、夜中に起き上がると、

「茶黒（ちゃぐろ）が死んだ、茶黒が死んだ」

　とうわごとのようにつぶやき、夢遊病者のように部屋を歩きはじめるのだ。

　茶黒というのはメス猫の名前で、茶と黒が混ざったような変わった毛色をしていることから妻の秀美が名づけた。野良猫で、彼女が帰省すると、待ちかねたように寺にやってきては「ニャ〜オ」とノドを鳴らしてすり寄った。康夫が行ったときも、秀美の亭主だとわかるのか、盛んに媚びを売り、それがいじらしくも可愛かった。

　その茶黒が、秀美が帰省しているときにクルマに撥（は）ねられたのである。

　東京に帰ってきた日の夜、秀美が嗚咽しながら、

「茶黒は身体が半分にちぎれて……。それでも這うようにして、私のところに帰ってきてくれたの。ニャ〜オって鳴いて、そこで……」

　息絶えたのだと言った。

「おまえに世話になったお礼ん挨拶に来たんかもしれんな」

康夫はそう言って慰め、秀美はしゃくりあげながら何度もうなずいていた。

異変がはじまったのは、それから一週間ほどしてからのことだった。妻のショックはわかってはいたが、それにしては尋常ではない。康夫は秀美を連れて心療内科を訪ねたのだった。

茶黒の話をすると、医者はうなずき、

「精神的なショックですね。精神安定剤を処方しておきますので、できるだけ気分転換を心がけるようにしてください」

と言った。

康夫は不満だった。そんな診断なら素人の自分にだって下せる。もっと効果的な治療法があるはずだ。知人に訊ね、評判の医院を次々と訪ねてみるが、妻の異変は続いた。夜中だけでなく、目を離すと日中もふらふらと外へ出て行こうとするので、目が離せない。一方、敬天新聞の活動は相変わらず神経をすり減らす日々が続いている。タフな康夫もさすがに参った。

(実家に帰して養生させるのがいいのではないか)

そんなことを考えはじめた矢先だった。八軒目の心療内科医院で医者が脳を検査して言った。

「すぐ大きな病院で診てもらってください。脳に腫瘍ができていますす」

康夫は驚いた。精神に異常をきたしているのではなく、腫瘍のせいだと言うのだ。これまで七軒の医者は何を診ていたのか。憤りながらも、原因がわかった安堵と不安に襲われるのだった。

　大学病院で検査の結果、肺がんが脳に転移していると診断された。

「末期がんです」

　医者は康夫に告げ、

「すぐ手術しなければなりません。ただし、脳だけです。肺がんのほうはすでに手遅れなので手術は無理です」

　事務的な口調が心に突き刺さる。

「命は助かるとですか？」

「手術にはリスクがつきものです」

「そうじゃなくて、手術が成功したとして、そんあと命は助かるんか聞いとるばい」

　康夫が苛立った。

「肺がんが厳しいと思います」

「女房には末期がんのことは言わんで欲しか」

「患者さんに告げなければなりません。医者の義務です」

　インフォームドコンセント――投薬や手術、検査名など医療行為に際して、医師が患者に説明し、合意を得なければならないということは康夫も承知しているが、妻の場合は「死の宣告」に等しいものになる。

（この精神的な重圧に耐えられないとすれば、これこそ不幸ではないのか）

それが康夫の思いであったが、インフォームドコンセントは医者の義務である以上、告知しなければならない。それでもこの若い医者は「末期」という言葉を避け、「ステージ４」という言い方をしてくれたのだった。幸いにも秀美は「ステージ４」を理解できなかった。

入院して何日も検査に費やし、いよいよ手術という前夜、康夫は面会時間の終了時までベッドのそばに付添っていた。

「茶黒に感謝ばい」

康夫が明るい声で言った。

「どういうこと？」

「おまえが茶黒んことば思い出して夢遊病者みたいなことするけん、脳ん腫瘍が見つかったんやなかか。茶黒が夢枕に立って、教えてくれたんだよ」

「そうかもしれない」

つぶやくように言って、一筋の涙が頬を伝って枕に染みた。

「寝れ。大丈夫や。茶黒が見守ってくれとる」

コクリとうなずき、やがて小さな寝息をたてはじめた。康夫は手術の成功を祈った。祈りは、苦労ばかりかけて何一つしてやれなかったことへの懺悔でもあった。

――我が家に子供がいたら大変よね。

ずいぶん前のことになるが、秀美がそんな言い方をしたことがある。「子供が欲しい」ということの裏返しの言葉であり、もし子供がいても、敬天新聞をやっていれば世間から白い目で見られる――そう言っているのだ。

――俺は不正ば咎めとるだけで悪かことばしよるわけやなか。カネだって相手が間に人ばいれて勝手に持ってくるだけや。こんことは裁判でもはっきり言いよるやなかか。

あのときはムキになって言い返したが、秀美の気持ちはいまはよくわかる。もし自分と一緒にならなかったなら、彼女はどんな人生を歩んでいただろうか。人生の時間は巻きもどすことはできないとわかっていながら、こうして寝顔を見ると、そう思わずにはいられなかった。自分は人生において悔いは微塵もないが、夫としてどうなのかと問われれば返す言葉はなかった。

康夫が正義感にあふれて何かをやるときも「自分がどんなに良いことをしたと思っても、人の評価はそれぞれで、みんなが認めてくれるわけじゃない。みんなの為と思ってやるのは自己満足に過ぎず、人はそう思ってくれないことの方が多いのよ」と言うのが口癖だった。康夫はこの言葉を聞くたびに、安藤昇の「俺が死んで、泣く奴千人笑う奴千人、どうでもいいのが千人か」のセリフを思い出すのである。

手術は成功した。それから二年を康夫は在宅で介護し、妻を看取る。

「安藤さんに〝鬼力〟がないから惹かれたんだ」

敬天新聞は、情報紙としてトップクラスの知名度を誇るまでになった。企業を攻める街宣活動の苛烈さでも知られる。全国のヤクザから認知され、広域組織から別働隊として傘下に入るよう勧誘もされる。傘下に入れば他組織とモメたときに心強い。

だが、敬天新聞は法律に抵触する行動は取ることはあっても、ヤクザ組織とは一線を画しているという自負がある。ヤクザの多くはシノギのために企業の不正を叩くが、敬天新聞は「不正を叩いた結果がシノギにつながる」という考えをする。一般社会から見れば、結果として金銭を得るということにおいてどちらも変わりないし、実際、何度となく逮捕されるのだが、康夫の価値観では真逆ということになるのだった。

だから康夫は、勧誘してくるヤクザ幹部にこう言う。

「私にはヤクザをやる器量はありません」

相手の顔を立てて断るのだが、これは本音でもあった。

ヤクザは根性と度胸だけでは生き抜いていくことができない。背後から弾が飛んでくる世界でのし上がっていくためには非情さは必須の条件である。猛獣はエサとなる動物を襲うとき一片の情もない。子連れだろうとケガをしていようと容赦なく襲いかかる。これができるから猛獣であり、猛獣として生き残っていけるのだ。康夫の言葉を借りれば、ヤクザとして一流になる人間は、非情さという鬼のような強さ——すなわち「鬼力」が備わっているということになる。

安藤事務所に顔を出し、安藤と話をしていていつも感じるのは、

（この人に〝鬼力〟があるのだろうか？）

という思いだった。

安藤組を率い、抗争事件を生き抜いてきた。渋谷でテキ屋組織とぶつかったときは、早朝、幹部の志賀日出也を連れ、拳銃二丁をフトコロに抱いてテキ屋の親分筋にあたる尾津喜之助の邸宅に掛け合いに行っている。当時、尾津は関東屈指の大親分としてその名を轟かせており、若い安藤から見れば聳え立つヤクザ界の最高峰の一人だった。話がつかなければ配下の若い衆たちと撃ち合いになって、安藤も志賀もその場で命を落とす。

このときのことを、安藤は康夫にこんな言いをした。

「俺たちは生きては帰れないけど、尾津さんだって無事ってわけにはいかない。それに、これだけ弾があれば相当の人数を相手にできる。世間の人から見りゃ、あんまり賢くは思わないだろうけど、ヤクザっていうのは断崖の小道を登っていくようなもんでね。こうして一歩ずつ、頂上を仰ぎ見ながら命がけで登っていくんだ」

度胸ということにおいて、安藤さんは突出していたのだと康夫は思う一方、非情さという「鬼力」が備わっているのかと言えば、それはないのだと思う。安藤組の解散を決意した動機として、若い衆にこれ以上、無益な血を流させたくないという思いがあったと語った。そのとおりだろう。安藤さんに「鬼力」という非情さが具わっていれば、若い衆を犠牲にしても組はいまも存続していただろうし、自分も末席に連なってはずだ。

（この人に〝鬼力〟がないからこそ、自分は惹かれるのではないか）

初めて安藤昇の存在を知った十代のときから五十年を経て、ようやくそのことに思い当たるのだった。

令和の新時代を迎えた五月、帰省した康夫は原城跡に立った。足下に天草四郎と三万七千柱のキリシタン農民が眠っている。天草四郎の生き方は是非を超え、信念に殉じたという一点において歴史に刻まれ、安藤昇もまた、その存在と生き方は戦後ヤクザ史のなかで目映(まばゆ)い光芒を放つ。

（ひるがえって、自分はどうなのだろうか）

康夫は自問する。

敬天新聞を創刊してこの二十七年間、走って、走って、走って、全力で駆け抜けてきた。感謝もされれば、蛇蝎のごとく嫌われもする。不正の糾弾と恐喝は紙一重で、街宣をかけ、紙面で激しく攻撃する日々は常に逮捕と隣り合わせになっている。人様に自慢できる生き方でもなければ、誉められた人生でもない。それを承知でなぜ自分は昨日も、今日も、明日も、敬天新聞をひっさげて走り続けようとするのか。答えを探すかのように、康夫は眼下の海から目を転じると、背後の雲仙岳を仰ぎ見るのだった。

安藤昇からの書簡

義憤にして侠の勇なり

男の怒りに私憤
と義憤の二つあり
「我」を生かし
怒るは私憤にして
匹夫の勇なり、
「我」を殺し、普遍
の正義を以て怒る
ハ義憤にして侠の
勇なり
私憤に生命を
賭するを与太者
義憤に生命を
賭するを「国士」と
呼ぶ、両者は似

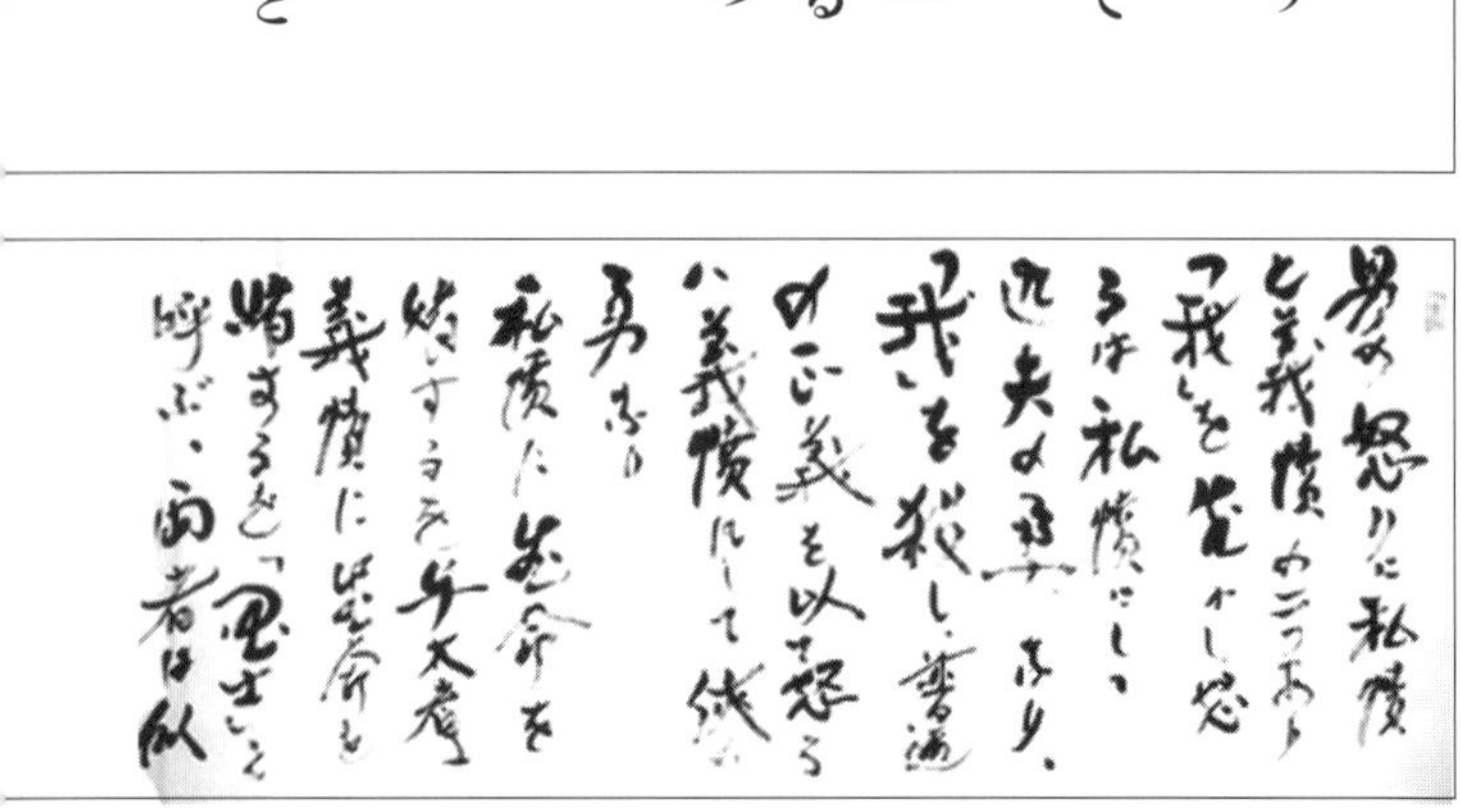

男の怒りに私憤
と義憤の二つあり
「我」を生かし
怒るは私憤にして
匹夫の勇なり、
「我」を殺し、普遍
の正義を以て怒る
ハ義憤にして侠の
勇なり
私憤に生命を
賭するを与太者
義憤に生命を
賭するを「国士」と
呼ぶ、両者は似

◉左・白倉康夫氏、右・安藤昇氏

て非なるを知るべし
国士を歩む道は
正道なれど火中
の栗を拾うが
ごとく労多く報わ
れることの少なし、
平成太平の世に
真の国士は
何処にありや

為白倉康夫君
安藤昇

安藤さんがこの書を書いて白倉さんに渡したのは、表に現れる行動は同じに見えても、内面に秘めた動機によってその意味に天地の差があるということと、「国士」という崇高な理念を貫くのは厳しい道であるという覚悟を説いたものだと思います。

あとがき

敬天新聞を率いる白倉康夫氏が、その活動において「国士啓蒙家」として「国賊は討て」をスローガンに掲げようとも、法治国家において違法行為、脱法行為の疑いがあれば、逮捕もされれば刑務所にも行く。罰金刑を科せられ、裁判で慰謝料の支払いを命じられることもある。ましてて、企業の不正を攻撃し、結果として解決に金銭が絡むとなればなおさらのことで、どんな崇高な理念であろうとも、法律を超えた理念の存在が許されないことは言うまでもない。

だが、その一方で社会は矛盾に満ちている。「木の葉が沈んで石が浮く」――これが世の中の一面であることを否定する人はいまい。人倫に悖るとも、法律を逆手に取れば私腹を肥やすことはたやすい。

ならば法律に抵触しなければ、バレさえしなければ何をやっても許されるのか。いや、法律に抵触どころか、明々白々の不法出国でありながらカルロス某のようにそれを正当化し、堂々と全世界に発信してみせる人間もいる。こうした現実を目の当たりにして、「正義」とは何かを考えたとき、当惑するのは私だけだろうか。

「善良な市民を食い物にするワルを叩く」

これが正義に殉じる白倉の考え方である。「目的は手段を正当化する」という短絡的な発想と手法であり、「悪は善によって克服するものである」と言えばまさにそのとおりであるとしても、割り切れなさは残る。毎週水曜日の夕刻、白倉が新橋駅前で演説し、人々が足を止めてそれに耳を傾けるのは、この割り切れなさにあると言っていいだろう。

安藤昇氏の生前、私は横井英樹襲撃事件の動機について何度となく話題にした。天誅とは何か、個々人がその価値観に依って天誅を下すことが許されるのか――このことを安藤さんの口から聞いてみたかったのである。

安藤さんは、こんな言い方をした。

「ヤツはカネを持っていながら借金を踏み倒している。社会正義を云々するつもりはないけど、横井のやり方はいくら合法的とはいえ、ちょっとひどすぎると思った。乾いた雑巾は絞れない。だけど、横井はたっぷり濡れた雑巾だからね。ヤツから取り立てるのは難しい話じゃない。まさか、それが大事件に発展するとはね。このとき思いもしなかった」

ところが横井氏はソファにふんぞり返ってせせら笑って言った。

「すべて合法的に処理されている。キミたちの介入する余地は全然ないんだ」

「日本の法律ってやつは、借りたほうに便利にできているんだ。なんならキミたちにも、金を借りて返さない方法を教えてやってもいいんだよ」

これで安藤さんはキレたのだと言った。

当時、横井氏は、評判はともかく財界人である。拳銃で襲撃するのは違法であるが、安藤さんはそれを承知しながら弾くことをもって〝天誅〟としたのだった。

白倉氏が事務所に遊びに来ると安藤さんが喜んだのは、若いころの自分に似た気質を彼に見たからではなかったか。本書のプロローグで「安藤さんがなぜ白倉康夫に魅了されたか」と書いたが、その答えは、そういうことではなかったかと私は思うのである。

敬天新聞がＨＰを立ち上げるとき、白倉氏に依頼されて安藤さんが題字を揮毫した。筆を執る前、毎月送られてくる敬天新聞をじっと見ながらイメージをふくらませ、一気に書き上げたことを覚えている。


本書は、行動の是非を超え、白倉康夫という一人の男がなぜ敬天新聞を興し、街宣をかけるようになったのかを、私なりに探ったものである。白倉氏は安藤さんに面と向かって言うことはなかったが、この二十年、「俺は安藤組の末席に連なっていると思って生きてきた」と折りにふれて私に語っていた。

本書は「殉心」が駆け抜けた「安藤組外伝」である。

向谷匡史

向谷匡史

むかいだに・ただし

一九五〇年、広島県呉市出身。

拓殖大学を卒業後、週刊誌記者などを経て作家に。

浄土真宗本願寺派僧侶。日本空手道「昇空館」館長。保護司。

主な著作に『田中角栄「情」の会話術』（双葉社）、『ヤクザ式最後に勝つ「危機回避術」』（光文社）、『安藤昇90歳の遺言』（徳間書店）、『小泉進次郎「先手を取る」極意』、『田中角栄の流儀』、『熊谷正敏稼業』、『渋沢栄一「運」を拓く思考法』、『アイチ　森下安道　武富士　武井保雄　二人の怪物』（青志社）など多数ある。

[向谷匡史ホームページ] http://www.mukaidani.jp

安藤組外伝　白倉康夫　殉心

二〇二〇年四月十九日　第一刷発行

著者――向谷匡史
編集人・発行人――阿蘇品 蔵
発行所――株式会社青志社
〒一〇七-〇〇五二　東京都港区赤坂五-五-九　赤坂スバルビル6階
（編集・営業）
TEL：〇三-五五七四-八五一一　FAX：〇三-五五七四-八五一二
http://www.seishisha.co.jp/

本文組版――株式会社キャップス
印刷・製本――株式会社太洋社

ISBN 978-4-86590-101-6 C0095